時計まわりで迂回すること

回送電車V

堀江敏幸

中央公論新社

時計まわりで迂回すること

回送電車V

目次

I

Ⅳ

時計まわりで迂回すること

回送電車V

I

冷戦の終わり

いまなにをした？　写真を撮ったな？　フィルムをよこせ。デジタルカメラだと？だったらすぐに消すんだ、目の前でな。おまえみたいな奴に迷惑してるんだ。

昼時のかなり強い日射しのもと、数年ぶりにパリの古物市を歩いていたら、背後から現れた老人がいきなり私の肩を摑んで、明らかな訛りのある口調で言った。心惹かれるものがほとんど見あたらず、勘も鈍っているしこんなところかと諦めかけたとき古い鉄道模型の置かれている平台が目に入り、本体の色遣いがとてもいいので、写真を撮らせてもらおうと店の人を探したのだが見つからなかった。無人ならばまあ文句も言われないだろうと、偶然持っていたカメラで一枚接写をしたところだったのである。

その筋の人間でないことは、ひと目でわかった。残り少ない白髪をてらてらした頭皮のうえで飴細工のように固め、顔の横幅よりも大きな老眼鏡を掛けているのだが、レンズにはおびただしい指紋がついていて、フレームを支える鼻の下からはやはり白い剛毛が束になって穴から突き出ている。よれよれのポロシャツに長さの合わないズボン、そして安物の紐靴。パリの古物市のために地方から上京してきた業者の典型的な服装である。外国人、それも日本人風だと見るや、あれこれふっかけてくるタイプで、これまで何度か嫌な思いを味わってきた。モノにたいする愛情が欠けているからではなく、化かし合いを原則とする商売の流儀に則った一種のゲームなのだと、なるべく善意に解釈してきたのだが、これほど攻撃的な姿勢を見せる店主ははじめてだった。

私は鉄道マニアではないし、模型の歴史も相場もよく知らない。遠目に眺めたときの色と形、周囲に置かれている品とのバランスのよしあしを瞬間的に判断して手に取るだけである。立ち止まったのであれば、それは平台の主のモノの見せ方に近しさを感じた証であり、これまでの経験からすると、そういう店を出している者が陰険なことはほとんどなかった。

そこへ冒頭の台詞である。その強硬姿勢の理由をまっすぐに問うてみると、老店主は、古物市で撮影した写真を加工し、インターネットで架空の店を立ち上げていた輩がいるのだと、ＭＬＢで主審に詰め寄る監督さながらこちらに半身を寄せてまくしたてた。そこにうちの写真が使われてたんだよ、文句を言おうとしたら、直前にすべて消されていた、だから写真はいっさい御法度だ、店の名だって買ってくれた客にしか明かさないことにしてる。

よくある話だった。細部に辻褄の合わないところもあったけれど、面倒なので私は無言でカメラの小さなモニターを差し出し、写真を消去してみせたうえで、断りなしで撮ったことは謝りますけれど、要するに、買えば文句はないんでしょう？ いくらですか？ と二種類の貨物車両を指さした。挑発的とまではいかないまでも、じゅうぶんに怒りを含めた言い方で。

ひとつは、生鮮・冷凍食品輸送で欧州一のシェアを誇るSTEF社の白い貨車だった。ベージュに変色しかかった車体に、紺色のロゴが入っている。よく出会うのはたいていプラスチック製で、ロゴも新しいデザインに変わっているのだが、そこに置かれていたのは旧式のブリキ製である。フランス国有鉄道の認識番号も振られ、本体の左右にスライド式の扉がついていた。もうひとつは、貸しテントの会社らしいロゴが入った黄色い貨車で、くすんだ空色の渋いテント地が丸屋根をつくっているのだが、これは何度か見かけたことのある型だ。どちらにもＨＯＲＮＢＹの刻印があった。

老店主は硬い表情を崩さず、双方の値段を口にした。間髪を容れずに私は応えた。

冷凍貨物車を売るからって、あなたまで冷淡になることはないでしょう？　ふたつまとめて現金で払います、さあ、いくら値引きしてくれますか？　老人はようやく笑みを浮かべ、冷戦の時代は終わった、と手を差し出した。最初の言い値の、半額になっていた。

フェードイン、フェードアウト

音量や光量や増幅率などの調整装置を、フェーダーと呼ぶ。花が萎れる、色があせる、記憶が薄れるといった負のイメージが強い動詞 fade の派生語だが、映画用語のフェードイン、フェードアウトを思い浮かべれば、映像が徐々に現れ出てくる前者の状態が負に属しているとは言い切れないだろう。語源がどうあれ、fade はむしろ、最終的になにかあたらしいものを生み出すために避けられない差し引きを正面から肯定する前向きの単語であって、大袈裟な言い方をすれば、fader とは、その過酷な命の展開を担う装置ということになる。

私がここで思い浮かべているのは、一般的な回転式ではなくスライド式のヴォリュームである。録音編集やPAに使うミキサーには両者が混在していて、楽器売り場で時折触れる海外製のコンソール等に多用されている色鮮やかな丸いつまみの感触も嫌いではないけれど（自宅で使うなら色がもう少し抑えられていたらとは思いもする）、つい手が伸びるのは、スライド式のクロスフェーダーなのだ。試聴したかぎりでは、丸ではないノブの部分と指の腹との触れぐあいや、軸とカーボン抵抗を結ぶ接点の「滑らかな引っかかり」の精度を蔑ろにしている機種は、どうも音がよくない。

はじめて体験したスライド式フェーダーは、小学校の放送室にあったメーカー不詳のコンソールの、マイクヴォリュームだった。使用法など教えられなくても、ちょっといじればコツは摑める。親指と人差し指でノブを軽くつまむのではなく、ビリヤードのキューを支える手の形で中指から小指までをひとかたまりに安定させておいて、音量を上げるときは親指の腹で押し、下げるときは人差し指の腹で引っかけるように親指を軽く添えながら動かす感じなのだが、その上下の感覚と音の変化の一致するところが、じつに心地よかったのである。

当時はもうオープンリールよりカセットテープが主流になっていたにもかかわらず、教育の場にあったデッキはメーカーを問わずほぼすべて水平式で、マイクとライン入力のミキシングもできるミキサー型が多く、当然、スライド式フェーダーも備わっていた。折からの野外録音ブームで人気を博したソニーの「デンスケ」に、ドルビーのノイズリダクションが装備されるかされないかという端境期に当たっていたため、価格はその機能の有無に左右されていた。じつは、私もＦＭ放送のクラシックやジャズのライヴ中継をどうしても高品質の音で録りたくて、貧相なFMつきモジュラーステレオにつなぐには勿体ないようなその「デンスケ」のいちばん安価なモデルを、さんざん無理を言って親に買わせた馬鹿な餓鬼のひとりなのだ。ただ、正直に言えば、雑音除去装置のあるなしなどどうでもよくて、この型の色とデザインだけが許容範囲に収まっていたのである。

その「デンスケ」にも、VUメーターを睨みながら入力レベルを調整する左右二列のフェーダーが備わっていた。操作系統は野外録音で肩掛けにしたとき使いやすいよう前面に配置されているため、屋内で水平にセッティングするとやや窮屈な操作になる。それでも、演奏会の会場や曲目によって異なる入力レベルに神経をとがらせながらノブに指をかけている緊迫の数刻は、音楽そのものを楽しむこととまたべつの喜びに満ちていた。しかし、VUメーターには、人間の聴覚に合うようコンマ三秒前の入力信号の平均値が示されるだけなので、やがて民生用のデッキのメーターは、素人でも最大入力値を確認しやすいピークメーターに取って代わられ、それと足並みを合わせるかのように、スライド式フェーダーも民生機からフェードアウトしていった。

いま、触るだけ、見るだけで満足できそうな風合いの、たとえば本体は錆のある黒い鉄で、ノブは黒か茶色のベークライトの古いクロスフェーダーがあったら、手の届くところに置いてもいいと思う。懐旧の情に浸るためにではなく、消すことと生み出すことが不可分だという事実を、指の先でつねに忘れずにいるために。

心の絆創膏

ジョンソンという名前に私は弱い。失礼を承知で言えば、このじつに平凡な面持ちの人名が目や耳を一瞬かすめただけで、なぜか、ああ、ジョンソン、と意味もなく心動かされてしまうのである。

わがジョンソン遍歴の出発点を探ると、まちがいなく「バンドエイド」のジョンソン・エンド・ジョンソンに行き当たる。子どもの頃、家によく富山の薬売りがやって来て、当時ですらなんとかならないものかと感じたような絵柄の、大小さまざまな箱を置いていった。風邪薬、膏薬、胃腸薬、止瀉薬、湿布薬、絆創膏、包帯、赤チン(そういえば、マーキュロクロムの別称だった赤チンという言葉は、まだ生きているのだろうか?)。

テレビで宣伝している大手製薬会社の垢抜けたパッケージデザインとはあまりにかけはなれているそれらの薬を、私はあきらめと親しみをもって常用していた。なにしろ、しょっちゅう怪我をして、しょっちゅうお腹をこわしていたから、頼りになりそうな薬はどんどん飲んだし、また飲まされたのである。

薬売りの行商をしている人たちは、頃合いを見はからってふらりと現れ、足りない薬を当然のように補充していった。すぐになくなるのは、絆創膏である。しかしこの置き薬のなかの絆創膏は表面が妙につるつるしていて見た目が悪いうえにガーゼも硬く、そのくせ一度でも手を洗うとふにゃふにゃになってはがれてしまう。友だちの多くは、肌の色にとても近い、ということは貼っても目だたない穏やかな色の、薄くて粘着力が強いだけでなく水を寄せ付けない「バンドエイド」を愛用していて、私はそれがとてもうらやましかった。赤をうまくあしらった小袋のデザインと、油紙に似た感触の丈夫な紙の端を破るために付けられた、おなじく赤い糸の遊び心、そしてジョンソン&ジョンソンと独特の書体でロゴが刻まれたあの缶のたたずまい。

しかし、わがジョンソン遍歴は、「カビキラー」でおなじみのジョンソン株式会社を経たのち、なぜかモノの名を離れて人名への親炙に傾いていった。世界史で学んだ第十七代アメリカ大統領アンドリュー・ジョンソン、第三十六代のリンドン・ジョンソン、ソウル五輪男子百メートルの金メダル剥奪爆走男ベン・ジョンソン、海老反り走法のマイケル・ジョンソン、上半身腕投げのランディ・ジョンソン、ブルースギターのロバート・ジョンソン、髪切り屋でよくかかっているジャック・ジョンソン、そしてボズウェルの伝記で知られる『英語辞典』のサミュエル・ジョンソン。

あれもジョンソン、これもジョンソン、どこもかしこもジョンソン。たしかに立派な人々ではあるけれど、錚々たる面子というより、なんとなくいじめられっ子ばかりが並んでいるような、どこか情けない印象を受ける。もちろんこれは私の貧しい語感のなせるわざであってジョンソンという名の方々になんの責任もないのだけれど、「バンドエイド」以後、ジョンソンの名を輝かせるモノに出会わぬまま、長く淋しい時を過ごしたのである。

いや、そうではなかった。親しさではなく憧れをかり立てるジョンソンもあったのだ。一九七七年、既存の製品にどうしても満足できなかったオーディオマニアの経済学者、ウィリアム・コンラッドとルイス・ジョンソンのふたりが意を決して立ち上げたアメリカの新興高級オーディオメーカー「コンラッド・ジョンソン」である。

その記念すべき第一作となったのが、管球式プリアンプＰＶ－１である。ヘアライン仕上げのステンレス製パネルの中央に黄色いパイロットランプがひとつぽつんとあって、その下にふたりの名を合わせたロゴが置かれ、左右対称に三つずつノブを配しただけの、まるで素人が自作したようにも見える簡素なデザインがかえって印象に残る。その顔をオーディオ雑誌で目にしてからはや三十年。音を聴いたことはなくても、見ているだけで音楽が聞こえてきて気持ちが落ち着く。これはもう、ほとんど心のバンドエイドのようなものだろう。

消えなかった言葉

締め切りをとうに過ぎてしまった原稿の催促に抵抗するための、最も誠実で芸のない言い訳は、頑張ってはいるのですが、まだ書けません、というものだろう。依頼されていることじたいを忘れる失態を演じたことも一度や二度ではないけれど、この場合はむしろすっきりしてやる気も出てくる。ところが、急に体調を崩したとか、親族に不幸があったとか、郵便事情が悪いとか、誰でも思いつけるたぐいの言い逃れは、たとえ事実であっても、うまく使いまわさないかぎり妙な罪悪感に苛まれて疲労がたまってくる。

二十数年前、はじめて雑誌に掲載された拙文は、原稿用紙に書いたものだった。カーボン紙とボールペンを使えば二部作成できるのだが、万年筆を使っていたため文具店で完成稿のコピーを取り、不慮の事故に備えた。幸いなにごとも起こらず、拙文は無事、活字として生き残った。

その後、時代の波に合わせて、というより論文らしきものを書くための道具として仕方なく某社のデスクトップ型ワープロを買ったのだが、欧文の特殊文字を打つための操作が面倒で、日本語の書体もいまひとつ趣味に合わなかったため、数年後、印刷精度の向上を見計らって、双方の不満を解消するまた別の社の最新のラップトップ型に乗り換えた。文章を書き、推敲する道具としてなんの不服もなかったし、個体もよかったのだろう、キーボードがへたったり反応しなくなったりすることもなく、数年のあいだ使いつづけた。

ただし、ワープロに慣れるあまり、ノートか原稿用紙に記していた下書きを飛ばしていきなり画面上で文章を「打ち込む」ようになってくると、それ以前には考えられなかった悲劇に何度も見舞われるようになった。書き上げたばかりの文章を、文書の保存設定ミスで一瞬にして消してしまうのだ。ある時期、物書きが原稿の遅れをごまかすための口上として多用したのは、ワープロでちゃんと書いたのに、保存しようとして逆に「文書を消してしまい」、おまけに運悪く「印刷していなかった」というものではなかったろうか。プリントアウトした原稿をファクシミリで送信するのが一般的だった時代である。真夜中にインクリボンがなくなって、といったごまかしもおそらく使われていただろう。

ただしこれらは人為的なミスであって、機器の故障ではなかった。画面が硬直し、高速で回転する記憶の円盤が砕け、論理を司る板が破損する。そういう不可避の天災によってデータ消失の憂き目を味わうようになったのは、その外観と使いやすさに惹かれて、アップルコンピュータを導入してからのことである。留学時代にフランスで初期の一体型に触れ、理系の就職先で研究室の前住人が残していったモデルで漢字トーク6に習熟した私は、漢字トーク7の登場を待って安い中古のマックを買いそろえた。印刷時のフォントの美しさは標準的な明朝体の変奏として申し分なかったし、ネットワークにもパソコン通信にもつながない前提の、文書容量の大きいワープロとしてのみ使うのであれば、旧型で用が足りたのである。手もとにはまだ、軽いエディタしか入れていないSE/30をはじめ68Kと称される時代の個体がいくつか残っていて、どれも現役である。そもそも私の仕事など、テキストファイルにすれば、生涯を二度重ねてもフロッピーディスク数枚に満たないだろう。

困るのは故障だけだ。しかし壊れるときは壊れる。先日、これら旧型で整序した文字データを移すだけの送受信用ノートパソコンが昇天し、メールデータがすべて消えた。今世紀に入ってから四度目の出来事である。免疫ができていたので泣きわめきもせず、直近の仕事は近年復活させた下書きの原稿用紙から再生し、勤務先の不慣れな共用パソコンで入力して、予定帳に別途メモしてあったアドレスに無事届けた。要するに、私の場合、もはやパソコンが壊れたなどという、嘘なのか本当なのか外の人間には確かめようのない言い訳をするのはやめて、紙媒体の下書きを蓄積するべきなのだろう。人間の記憶とおなじで、消えるべきものは消えればいい。それがじつは消えていなかったと気づいたとき、なにかしら言葉が出てくるのだ。たとえばこの、原稿のように。

ふたつ目のリーディング・グラス

清く正しく美しく、かつのんびりとした中学生時代を終えて高校に進学する前の、短い春の休みに、仮性近視になった。入学までは好きなだけ遊べると思っていたのに、当時の学力を完全に超える質と分量の課題が出されてあわてふためき、それを一気に片付けようと無理をしたせいで目をやられてしまったのだ。中学の三年間、薄暗い体育館の水銀灯の下で卓球ばかりしていたことを思うと、目を悪くする素地はあったのかもしれないのだが、それまでずっと左右とも一・五、眼鏡などと縁のない生活を送っていただけに衝撃は小さくなかった。

高校に入っても、卓球はつづけるつもりでいた。勝ち負けに関係なく、小さなボールを介しての無言の対話が愉しくて仕方がなかったからである。とはいえ、近視は動体視力にも影響を及ぼす。本気でやるなら、これ以上度を進めるわけにはいかない。眼科医は、現状を維持するためだけの弱いレンズの眼鏡を掛けるか、矯正した視力に慣れすぎてしまうと回復不能になるのでこのまま様子を見るかのどちらかにしましょうと、あきらかに矛盾したことを言う。大いに迷った。入学後、卓球部に入ったあとも、友人の眼鏡を借りて、視野がどんなふうに狭められるかを確認しながら迷いつづけた。

結局、私は前者を選択し、生まれてはじめて眼鏡を作った。ボールが見えなくてはどうしようもないからだ。楕円と長方形のあいだくらいの、うまく説明できない形状をした銀縁の眼鏡である。レンズはガラスだった。当時、私の田舎には眼鏡屋というものが存在しなくて、通常は時計屋と一体になっており、したがって品数はとても限られていた。そこで売られているものがすべてで、取り寄せができるなんてことを店の人はひとことも教えてくれなかったし、さらにまた、フレームには流行り廃りがあり、おなじモデルがずっとあるわけではないということに対する意識も薄かった。

だから、その後何度も見舞われることになる破損事故のたびに、掛け慣れた型を、そして周りが見慣れていた型を捨てて、顔そのものを変えていかねばならなかった。中国でも日本でも、ごつい黒縁眼鏡の卓球選手が活躍していた時代である。一九七七年の世界選手権バーミンガム大会で十年ぶりに決勝進出を果たし、身体の近くで腕を縮めて引っかけるようなフォアのカウンターや、台上に覆い被さる泥臭いスマッシュを駆使して遅咲きの世界チャンピオンになった河野満のような、分厚い黒縁のおじさん眼鏡にしたら自分も強くなれるだろうかと夢見たこともある。読書や勉強のためにではなく、セルロイドの球体を追うためだけに眼鏡を選ぼうなんて、浅薄もいいところだったろう。

ともあれ、慣れるのは大変だった。掛けているのを忘れてTシャツを勢いよくかぶって足もとに落としたり、そのままベッドに倒れ込んでフレームを曲げたり、外せば外したで置いた場所を忘れるありさまだった。最初の眼鏡はたちまち破損し、今度はより軽いものをと考えて、ハーフリムフレームでレンズをプラスチックにしてもらったのだが、わずか一カ月で傷だらけになり、使いものにならなくなった。高校時代には、結局四個つぶした。

大学に入っても、性格の奥深くに巣くうたぐい稀な不注意力は、次々に、面白いように眼鏡を壊していった。安価なチェーン店が東京になかったら、おそらく自己破産していただろう。そのうち近視に乱視が加わり、飛蚊症に見舞われて眼鏡はますます実用の度を増し、破損するたびに、できるだけ目に負担のないモデルを選ぶようになった。何年間か古くさい黒縁の丸眼鏡を愛用して馬鹿にされたこともあったけれど、あれは形状に惹かれたのではなく、レンズの中央に焦点があるのでひずみのない視野が得られ、疲れが少ないと聞いて試してみたにすぎない。

しばらく前から、いま風に言うところのリーディング・グラスを常用している。というに初老を過ぎたということで、往年の卓球の世界選手権王者のような型にしたのだが、それがもう二個目であることは、眼鏡屋以外、誰も知らない。

時計まわりで迂回すること

サミュエル・ベケットに「クワッド」という奇妙な戯曲がある。一九八四年に発表されたごく短いテレビ用の実験的なシリーズのひとつで、『ベケット戯曲全集』（白水社）の第三巻に収録されているものだが、学生時代、古書店でこの巻を端本で見つけ、そのまま喫茶店で手に取って、驚いてしまった。冒頭に、「四人の俳優、照明および打楽器のための作品。／俳優たち（1、2、3、4）は、所定の空間のなかを、それぞれ自分のコースをたどって歩む。／空間は、一辺が六歩分の長さの正方形」とあって、隣にその正方形がまるで幾何学の参考書のように描かれていたからだ。説明は簡潔にして丁寧、かつみごとに抽象的だった。左上をA、右上をB、左下をC、右下をDとし、ADとBCの対角線の交点をEとして、最初にコース1を歩む俳優1が、AからA登場してAC↓CB↓BA↓AD↓DB↓BC↓CD↓DAとたどる。彼がその行程を終えて二巡目に入る瞬間、3の俳優が登場し、CD↓DA↓AC↓CB↓BA

→A→D→DB→BCと進む。歩幅も速度もおなじだから、二人は同時に出発点に達して次の行程に入ることになるのだが、そのときに俳優4が加わって、定められた別のコース上を歩みはじめる。三人が個々の順路を踏破するとさらに2が登場し、正方形の上には四人がひしめいて、またそれぞれのコースを歩む。終えたら、1が退場。2と3と4はそのまま動きつづけ、終了時に3が退場。こんな感じで、彼らは働き蟻のように歩きつづける。

少し先には、照明と打楽器の指定があった。照明の箇所を飛ばして、「たとえば太鼓、銅鑼、トライアングル、木片」という打楽器の音を頭のなかで再現しながら目の前のオレンジジュースをテーブルの隅に追いやり、古本を包んでもらったカバーをのばして裏返すと、ボールペンでその図を大きく書き写した。それからお店のマッチを拝借し、棒の頭を四つちぎって俳優に見立て、指示どおりゆっくり動かしてみた。なかなか複雑である。脳裏で音も鳴らさなければならない。俳優1のあとは俳優3。ところが二人同時に動かしていくと、どうしても交点Eでぶつかってしまう。1と3は、四度も衝突しなければならないことになる。いったいどうしたらいいのか。すると、欄外に、ポイントを落とした文字で以下のような但し書きがあった。「中心で出会ったときは時計まわりで迂回する。中心はタブーであるかのように、回避される」。

衝突事故は、起こりえないのだった。彼らはEの上を通らずたがいにくるりと身をかわして、時計まわりに回転するのである。存在するのに存在しないことになっている幻の点。その幻をめぐるマッチ棒俳優たちの輪舞の、なんと優雅で不気味で滑稽なことか。彼らの丸い頭の移動は、昭和時代に流行した「人生ゲーム」の、駒がわりに使われていた車を思い出させもした。結婚し、家族が増えると、乗員を示す人がたの棒が増えていく。先に待ちかまえているのは、たいてい不吉な運命だ。ベケットの俳優たちは一辺わずか六歩で踏破できる正方形のなかでなにを期待し、なにを待っているのか。私は店の人に白い眼で見られているのを承知で、ひたすらマッチ棒を動かしていた。

かつて英国に、アコースティカル・マニュファクチャリング・カンパニーという会社があった。「クオード」というブランドのオーディオを作っていたところである。「クオード」とはQuality Unit Amplifier Domesticの頭文字をとった略号で、要は家庭用に徹したコンパクトで高性能な再生装置という意味なのだが、綴り字はベケットの芝居とおなじになる。数年前、フランスに長期滞在した折、専門誌でこの「クオード」のアンプとチューナーの中古セット五万円という驚くべき広告を見つけ、四角い公衆電話ボックスの、あるはずのない中心に立ってさんざん悩んだ末に、クオードまだ残ってますか、と問い合わせてみたことがある。だが、話はまったく通じなかった。何度説明しても埒が明かない。いらだって、私は叫んだ。「クオードですよ、英国のアンプの！」すると、相手はもっと大きな声で応えた。「それを言うならクワッドさ！　雑誌が出た日に売れちまったよ！」

鈍色と墨色のあいだというのだろうか、これは明らかに和の色である。本体の基調となるその濃い灰色は下手をすれば通信機器にしか見えない素っ気なさで、頁いっぱいに紹介されている海外製品のなかでも地味さの度合いにおいて逆に目を引いた。印刷の写真だから実際の色と完全に一致していないのは当然だが、プラモデルの塗料のようにどこか安っぽい感じもあって、オーディオアンプといえば一部の黒系統をのぞいて横並びのシャンパンゴールドかシルバーのフロントパネルばかりだったので、時流に抗うどころか当初から時流なるものを排除してかかっているその色遣いは、子どもの目にも小気味いいほど大胆なものに映った。

一九七〇年代のはじめ、年の離れた兄貴のいる友人が見せてくれた「ステレオサウンド」の表紙の、Quad 33。冬号にふさわしく暖色系を集めた表紙の、その忘れがたい一冊は、十数年後、東京の古書店で手に入れることになるのだが、白黒の写真しか見たことのなかった当該モデルのカラー画像はかなりの衝撃で、振り返ってみると、それが私にヨーロッパの色彩とデザイン感覚を意識させた原体験になっているような気がする。左手に大きな円形のヴォリュームノブ、右側に小さな薄手のトローチみたいな、bass、treble、slope の三種類の円盤があって、それらはさらに濃い鼠で塗装されていた。灰色の階調。九鬼周造ではないけれど、まさに「いき」な色彩だと評したくなってくる。無から生まれた諦念の色。百の鼠を飼い慣らした和の塩梅。

もとより色彩だけを抽象して考える場合には、灰色はあまりに「色気」がなくて「いき」の媚態を表わし得ないであろう。メフィストの言うように「生」に背いた「理論」の色に過ぎないかもしれぬ。しかし具体的な模様においては、灰色は必ず二元性を主張する形状に伴っている。そうしてその場合、多くは形状が「いき」の質料因たる二元的媚態を表わし、灰色が形相因たる理想主義的非現実性を表わしているのである。

（『「いき」の構造』、岩波文庫）

わかったようなわからないような一節だが、媚態を極力避けているこの色があればこそ、形態そのものがひどく官能的になりうるのだろう。ただし、形態といっても、じつにコンパクトである。幅二六〇ミリ、高さ九二ミリ、奥行きわずか一六五ミリ。通信機器どころか、これでは工具箱にさえならない。その小振りなたたずまいに、まさしく「理想主義的非現実性」が具現化されているのだった。

しかし、その魅力は灰色だけにあったわけでも、灰色だけで成り立っていたわけでもない。濃い鼠色のノブにはまず白いスリットと最小限の数字が刻まれており、ヴォリュームノブの下にはクリーム色の固いプラスチックでできたスライド式のバランス切り替えが横一文字に配置されている。真の驚きは、要所に使われている鮮烈なマリーゴールドの色によってもたらされた。少し奥に引っ込んでいる本体下部にピアノスイッチが十一個あって、その左から三つと、右側の三つの円盤の下、四つのクリーム色のピアノスイッチの上のプレートにもこの花の色が採用されている。もはや一ミリも動かせない絶妙のバランスでレイアウトされたオレンジ系の表情に、けばけばしさはこれっぽっちもなかった。

同様の主張は、チューナーの窓にも顕著で、このふたつは積み重ねても横に置いても、灰色の「いき」と花の生命感の共生・共存を否定しない。のちにそれと似た印象を、チェコ製オリンピアの手動タイプライターやフランスの高速鉄道TGVの本体カラーで再確認したものだが、ひとつまちがえば下卑たものになりかねない色をかくも繊細に使いこなす工業デザイナーの感性には、素直に心を動かされた。一九六七年から八二年まで十五年間、このプリアンプはデザインを変えずに製造されつづけた。

縁あって、このクオードのオレンジ部隊は純正ケースに収まり、パワーアンプQuad 303とともに、いま私の部屋でロジャースの小型スピーカーを気持ちよく鳴らしている。

自由天才流書道教授の爪切り

生誕百年という当たり年だからか、なにかのついでに扱うテキストとして太宰治の作品を見かけることが多くなってきた。そんなふうに騒ぎ立てなくても読まれている作家なのにとやり過ごしたくなる一方で、とりつきやすい文庫本を拾い読みすると、やっぱりあれこれ考えるところがあって離れられなくなる。たとえば、自称「自由天才流書道教授」の登場する作品がなんだったか、私は完全に忘れていた。ただむさくるしく、いんちきくさい男と、その男に部屋を貸している語り手がいて、なにやらぶつぶつ言い合うといった程度の記憶しかなかったのだが、偶然読み返した「彼は昔の彼ならず」のなかでその言い回しに行き当たって、ああこれだ、と作品への愛とはまったく関係のないところで声をあげたものである。それればかりではない。読んでいるうち、すでに一度、この短篇について、大学の教室で語ったことを思い出したのだった。

小説作品として触れたのではない。いまならば、「君にこの生活を教えよう。知りたいとならば、僕の家のものほし場まで来るとよい。其処でこっそり教えてあげよう」という冒頭の一文に刻まれた二人称を追うような、書法の面から読む遊びを試みるかもしれない。しかし、その話になったのは、二百人以上は入るのにマイク設備もない、奥行きだけは立派な巨大うなぎの寝床みたいな教室で、ひたすらアーベーセーを叫びつづけていた語学の授業でのことなのだ。まばらに座った八十人もの学生に仏語の初歩を教えるという破滅的な状況に打ちひしがれていた梅雨時の一日、研究棟からいったん外に出て傘を差し、しばらく歩いて別の建物まで移動してその教室に入ると、教卓の真ん中に爪切りが置かれていた。

いまもロングセラーとして売られているヘンケルスの、平たい折り畳み式のモデルだ。本体は三つ折りになっていて、ヤスリの部分の先端がイルカの口のようにとがっており、それを起こすと柄が勢いよく飛び出してくる。本来は合皮のケースに入っているのだが、そこにあったのは裸の状態のもので、ＩＮＯＸの放つ光もいくらか湿り気を帯びていた。ここにヘンケルスの美しいネイルクリッパーがあるんですが、置き忘れた人いますか、と私は間の抜けた質問をした。いったい、誰がわざわざ教卓で爪を切るだろう。落とし物であれば黒板にその旨を記して、事務所に届ければいい。しかし、爪切りがそんなところにぽつんと置かれているという事実を、どう解釈すべきなのか。幸か不幸か、その商品の価値を私は知っていた。たかが爪切りと言うなかれ、工業デザインとしても梃子の原理を応用した発明品としてもみごとな一品で、君たちのような理系の学生こそこうした造形美を学ぶべきなのです、と私はいつのまにか力を込めて語っていた。そして、「君にこの爪切りを教えよう。知りたいとならば、僕のこの教卓まで来るとよい。其処でこっそり教えてあげよう」と頭のなかで言い換えて、抱えていた教科書を脇に追いやり、「彼は昔の彼ならず」の話をしたのである。

そこに登場する「自由天才流書道教授」こと木下青扇は、本当に天才なのか。語り手は木下の連れ合いの女に言う。

「木下さんはあれでやはり何か考えているのでしょう。それなら、ほんとの休息なんてないわけですね。なまけてはいないのです。風呂にはいっているときでも、爪を切っているときでも」

たしかに、夜中の十二時近くに銭湯で会ったときも、木下は足の爪を切っていた。「夜爪を切ると死人が出るそうですね。この風呂で誰か死んだのですよ。おおやさん。このごろは私、爪と髪ばかり伸びて」と言いながら。そう、爪を切る場面がこんなに印象的な小説はあまりないですね、と凪の海のような教室で私は語りつづけた。ただし、この男が使っていた爪切りの形やメーカーは描かれていません。君たちなら、どんな爪切りを想像しますか？　具体的な形状を、ぜひ考えてみてください、爪切りひとつで、世界は大きくその姿を変えるのです。

身を削る道楽

物持ちのいい人間に、レトロ趣味という言葉は通用しない。彼らにとって、時間は遡るべき流れではなく、たんに過ぎていくものだからである。手もとに古びた道具が残っているのは、それがいつまでたっても壊れないからで、懐古趣味ではないのだ。

先日、遠来の客が私の仕事机にのっている手動鉛筆削りを見て、いまどきねえと呆れたようにつぶやき、あのレトロという単語をいくらかの蔑みさえただよわせながら発したので、こちらも負けじと、それは子どもの頃新品で買ったものだし、柄を回すタイプの手動鉛筆削りは、ごくふつうの文具店で簡単に手に入る立派な現役商品だと説明した。客人は独り身でかつ独りっ子だから姪も甥もいない。勤め人でもないので、同僚の子どもたちに義理であげる入学祝いなどとも無縁だった。おまけに、物心ついたときから鉛筆削りは電動にしか触れたことがなかったという。つまり、メーカーや型式に関係なく、彼にとって手動鉛筆削りなるものは存在じたいが時代遅れになってしまうのだった。そこで私は、分厚い事務用品カタログを二種類持ち出して、該当頁を開いて指差してみせた。

ほら、ここにちゃんとあるだろう？　色やデザインについてうるさく言わなければ（まあ、私は言うけれど）、一般的な文具店にも常備してある定番中の定番だ、とくに持ち運びのできる簡易鉛筆削りは、学童文具に欠かせないものだよ、鉛筆削りすなわち電動という連想は、じつに好ましくない、それどころか、むしろ嘆かわしい！

私はそうやって客人を煽り、現用の深緑色の「コーリン」の手回しについて講釈をたれ、携帯用の小型鉛筆削りについてもあれこれ解説を加えた。

自宅以外で書く仕事をする場合、私は主としてコクヨのB４二つ折り原稿用紙と鉛筆を使う。鉛筆はどんなメーカーでもいいけれど、とにかく４B、消しゴムはユニ、芯を削るのは肥後守《ひごのかみ》でなければならない。ところが、最近、喫茶店やファミリーレストランのカウンターなどで刃物を取り出し、黙々と鉛筆を削っていると、お店の人から注意されるようになってきた。削りカスはひろげたティッシュに落とし、こぼさないよう気をつけている。それでもお叱りを受けるのは、大きな刃がいかにも物騒に見えるからだろう。

以来、監視の目の厳しいところでは、携帯用の、手回しというより鉛筆回しの削り器に頼るほかなくなってしまった。くるくる丸まって出てきたカスは、もちろん自分で片付ける。後始末を絶対条件にすれば、小さな直方体に円錐状の穴と刃がついているだけの簡素なものでも、使用に耐える。かつての勤務先の販売部には、建築学科の学生用に製図用品が揃っていたから、ステッドラーの合金製シャープナーをよく買った。失くしても気軽に買い直せるくらいの値段なのである。

ダストケースつきのタイプは、さらに便利だ。たとえば山型パンみたいに容量の大きなもの、二つ穴があって鉛筆と色鉛筆を使い分けられるもの、大きなダイヤルで刃の角度を何段階かに調節できるものなど、入手しやすい安価な現行品は、何個もまとめ買いした。かつて黒で一時代を築いた三菱ＢＯＸＹの復刻版簡易鉛筆削りのうち、挿入口にオレンジをあしらったモデルなども、複数個確保してある。

で、その簡易鉛筆削りとやらは、どこにあるんだ？

客人は話の止まらなくなった私に問うた。

いや、その、数十個はあるはずなんだが、一堂に会したためしはないんだよ、買って、失くして、買って、失くしての繰り返しでね、金がいくらあっても足りないんだ……。

私が口ごもると、客人は皮肉っぽい口調で再会の宴を締めくくった。つまりきみは、鉛筆の代わりに身を削っているわけだな、と。

ステンレス製直方体

二十年ものあいだどうしてもやりたいと思いながらできずにいたことを、先日、おそろしく仕事が立て込んでいるとき発作的に敢行した。対象がなんであれ、やってはならないタイミングでやってはならないことをやってしまうのは、逃避ではなく真のモノ好きの証なのである。

手をつけたのは、一九五〇年代の製品と思しき木製円筒形珈琲挽きの、分解掃除である。ここでの円筒形とは、ほぼ胡椒挽きを巨大化したものに近い。豆の受け皿はボウル状で、底面近くに三ヵ所小さな穴が空いており、そこに細い真鍮の釘が打ち込まれている。本体と受け皿を固定しているのはその箇所だけだから、購入時にはもういくらかぐらついていたのだが、豆を入れてハンドルを回すと本体そのものが激しく揺れ、釘が抜けて皿の部分がめりめり剝がれてしまう。

ならば代わりに極細のビスをねじ込んでやろうと考えて、ホームセンターの棚を物色したものの、結局ぴったりのサイズが見つからなかった。仕方がないので、皿全体を左のてのひらで押さえつつ、同時に垂直方向に力を加えて安定させるというかなりアクロバティックな方法を採択せざるをえず、毎朝大量の珈琲をドリップするために必要な豆を挽くのがひと苦労だった。ハンドルの回転を滑らかにすべく、埃はもちろん、深煎りの豆の脂分を中性洗剤に浸したスポンジである程度まで拭き取ってはいたのだが、内部をいじることまではしないで、何度も安いダメ豆を挽き、古い豆皮を押し出したうえで愛用していた。

けれど、先の真鍮釘の部分があまりに弱くて半年も経たずに引退を余儀なくされ、以降はずしりと重いプジョーの定番手動ミルを使うようになった。豆受けは皿ではなくドームになっており、挽いているあいだに豆の破片が飛んだりすることはない。毎朝、この小さな木製ミルで標準的なコーヒーカップ六杯分の豆を挽き、ペーパードリップでアルミのポットに落として飲みつづけてきた。回転軸に油も差さず、二十年。壊れることなく使っていまだ現役ではあるけれど、このあいだからやや軋みが出て、ハンドル部の取っ手に傷みが生じたのでいったん休ませることにし、お蔵入りしていた先の円筒を持ち出したのだった。

小型の金槌、マイナスドライバー、緩衝材になる木片、そして目の細かいサンドペーパー等工具を駆使して格闘すること三十分。刃の部分はハンドル部を分解したのち、カンナの刃を取り出す要領で裏から叩きながら取り外し、豆受けの皿もぴかぴかに磨いて水洗いした。たまったゴミは完璧に除き去り、部品をじゅうぶんに乾燥させたうえで組み立てた。ところが、実際に挽いてみると、相変わらず力の加減が厄介で、どんなに調整しても粒子にムラが出る。それが味に影響を与えるような気がしてならないのである。神経を集中すればできなくはないけれど、必要なのは、朝、最低六杯分の珈琲になる豆を、瞬時に挽くことのできる単純な装置だった。

そこで、以前から目をつけていた、エスプレッソにも対応しているフジローヤルの、「プッチーニ」という機種を注文した。容器とダイヤルの色は赤である。値は張るけれど、サイロに似た有名なシリーズよりは安いし、小型のステンレス箱を思わせる風貌がこちらの趣味にも合っている。処理能力は毎分二〇〇グラム。

こうなってくると、ついでにコーヒーメーカーも揃えたくなる。形もミルに合わせた直方体に近いもので、整備のしやすいステンレス製ならなおさらいい。予算と置き場があれば、迷わずカリタのKW−12を選ぶだろう。ウォーマーは必要ないし、デザインも必要最低限で好もしい。しかしこれはフィルターが立て濾紙、つまり一般のスーパーや焙煎屋では入手が困難なバスケットフィルター専用である。使用頻度を考えるなら、汎用ペーパーでなければならない。最終候補は、某イタリアメーカーのモデル。色はホワイト、あるいは限定モデルのベージュがいい。このふたつの箱が並んだら、朝の光景も舌の感覚も、ぐっと引き締まったものになるにちがいない。

西洋の伝統的な玩具、というよりこれはもうコレクションアイテムになっているもののひとつだが、鉛のフィギュアの店に入って驚くのは、ごくわずかな例外を除けば、軍関係の品しか扱っていないことである。店主はほとんど学者の域に達していて、重々しい革装の辞典や資料を随時参照し、たとえば一八五〇年代の第何師団何将軍のもとにあった軍の、時期ごと、戦場ごとのありとあらゆる品目について蘊蓄を傾け、それを再現する壮大なジオラマの素材を広げてくれる。一体一体の人形や大砲は非の打ち所のない芸術品だし、遠目にも華やかだが、史実に基づく遊びだから集める側にも相当な学識とそれを美的に消化する感性が求められる。これが殺傷にかかわる道具でなければ、私だって深入りしていたかもしれない。

船や車などの乗り物を数に入れれば、鉛を使ったミニチュアの分野はじつに広い。ところが、右のごとく、兵隊を扱う店は格式の高い専門店がほとんどで、いわゆるその他の分野はひとまとめにされ、ブリキや鉛の玩具を並べた店の守備範囲に収まっている。なんの予備知識もない一般人にとってどちらが楽しいかと言えば、もちろん後者のほうだ。以前、こうした鉛の人形のうち、農家を再現するシリーズを集めていた時期があって、牛、馬、豚、鶏、鵞鳥、七面鳥、兎から餌箱や囲い塀にいたるジオラマ一式を手元に置いていたことがあるのだが、どれもばらばらに買い集めたものだった。見つからない種類は、メーカーちがいでも我慢して穴を埋めるというやり方である。

厄介なのは、そうした家畜や家禽類の在庫が豊富なところは、べつの分野の鉛の玩具においても充実していることだった。無防備な状態でガラスケースを覗くと、なにからなにまで欲しくなってしまう。とくに目を引くのは自動車関係で、車本体への欲望は抑えられても、車庫やガレージや立体式駐車場といった「車まわり」の品には独特の味わいがあって、なかなか離れられない。最も興味深いのは、ガソリンポンプのミニチュアだ。どてっとした《ぬりかべ》系とひょろりとした《唐傘》系の対比が、愛らしい妖怪たちを連想させずにおかない。なにしろガソリンは世界の精髄《エッセンス》である。ポンプは地下に埋められたタンクの中身だけでなく、地底深くに眠る秘密の場所から命の素を汲み上げる装置なのだ。

現実世界では古いガソリンポンプを修復し、内部にランプを仕込んでインテリアにする酔狂な人々もいるけれど、私にはせいぜい高さ十数センチまでの鉛の玩具があればいい。ニコラ・ルクセル＝ショレーの『給油機調査』と題された写真集を買ったのは、ちょうどそうしたポンプへの愛を自覚した頃のことだった。写真家が幼少時の父の思い出と、その頃フランス各地に存在していたガソリンポンプの残骸を重ね合わせる不思議な一書で、それを手にしてから、ガソリンポンプのミニチュアに対する見方が以前にもまして好意的な方向に変わった。農家を構築するための品を漁りつつも、柱状の物体を眺める時間が長くなってきたのである。

しかし、なかなか高価なものだから、そう気安く買うわけにいかない。トータル、エッソ、シェル、アジュール、アヴィア、サタムといった石油メーカーのロゴを虚しく目に焼き付けること数年、機会を得て、ついこのあいだ状態のあまりよくない格安のミニチュアをひとつ、大切な家畜の飼い葉桶の代わりにようやく手に入れた。高さ六センチ、幅二・五センチ、奥行き二センチ。深い紺色がかった黒にクリーム色という配色の、ブティヨンというメーカーが一九五〇年代に製造していたモデルで、本体の両面に《Esso extra》のロゴがある。側面右上のハンドルを回すと、分量に応じた代金を示す数字盤がカタカタ動く仕掛けになっている。残念ながら、左側にあるはずのホースが欠けていた。やんわり指摘すると、店主は、そんなものは自作するのが常識だよ、ととぼけていた。

お腹のすく書見台

書見台とは文字どおり書物を見たり読んだりするための台の意だが、先日、若者たちとおしゃべりをしていたら、誰もそれを知らないというので面食らってしまった。書く、見る、台、と書くあの文具だと説明すると、うちひとりが、あ、それ「しょみだい」って読んでました、と頬を赤らめた。つまり、ブックスタンドのことですよね、とそこは自信ありげに言うので、邦楽の演奏家が譜を置いているきらびやかな文様の台を見台《けんだい》と呼ぶのだから、そこに書物の「書」を一文字加えただけの話だよと解説はしたものの、字面を眺め、音を口にしてみると、なんだか妙に古くさい感じもしてきて、たしかにカタカナを使ったほうが軽くて風通しがいいような気もする。

ところが、知識を披露してくれた当人をふくめ、右の若者たちのなかに、この長い歴史を持つ文具の愛好者はひとりもいなかったのである。書見台であれブックスタンドであれ、それを使うにはまず本を手に取り、読もうという意志がなければならない。

いまの時代、そこがまず最大の障害なのだ。
レポートや論文のために読んだ本の一節を手で書き写したりするとき便利だよと勧めてみると、手で書き写すなら、本を開いた状態で手首で押さえつけ、ときどきずらして確認しながらパソコンに打ち込むか、該当ページのコピーを机上に置いて同様の処理をする。もしくは光学式文字読取装置で直接文字に変換してしまうのだという。書物の一部は電子の「データ」に変換され、書物そのものからはどんどん遠ざかっていくわけだ。

本はどこで読んでも構わない。電車、バス、お手洗い、喫茶店、ホテルのラウンジ。家の中でも精神を研ぎ澄ますために、立ったまま読むと豪語する人もいる。図書館や書斎の机に向かって読むのはたしかに堅苦しいし、傍からは、机の位置まで上げた腕や肩への負担が痛ましく見えることさえある。私もまた、そんなふうにさあ読むぞという雰囲気になじめず、ながいあいだ、本はもっと気楽に、手に取って読むのを原則としていた。しかもそこには、紙の手触りやインクの匂い、本全体の重みなど、距離を置いて見ているだけではわからないモノとしての本への愛着が働いていたはずである。

そのむかし、期末試験の季節のコピー屋で、複写のために大きく開かれ、上から

「のど」の部分をぺたんとなるまで押さえられた図書館本の無残な姿を何度も目撃してからはさらにその思いが強まり、本を傷めるような真似は絶対にすまいと誓ったものだ。書見台もしくはブックスタンドも、便利な反面、下手な使い方をすると本を壊しかねない。背にまだ弾力のある丸背の単行本などは、よほどしっかりしたストップホルダーでないと開ききらずに戻ってしまう。画板用の大型クリップで左右を留めたりしたこともあるけれど、これも美観を損ねるだけでなく頁にいやな跡を残す。

そのような理由でずっと避けていた書見台のありがたみを認めざるをえなくなったのは、手書きで卒論を書いているときだった。原書、辞書、ノート、その他もろもろの資料を効率よくひろげるには、机上に余裕がない。横文字を追いながら辞書を引き、さらにメモを取るとなると、あと一、二本手が欲しくなるほどで、原書を開いたまま押さえてくれる人がいたら楽に辞書が引けるのにと何度思ったことか。

そこである日、意を決して、いたって簡素な「ケンコー書見台」というスチール製のスタンドを買った。これは大いに役立って、たしか二つ三つ仕入れたと思う。味をしめた私は、その後もあれやこれやと試したあげく、とうとう古物に手を出した。英国はヴィクトール製の、台座が鋳物でできているCOOK BOOK STAND。背板はプラスチックだが、頁留めは先端に鋳物の錘がついている紐で、これが開くか開かないかという絶妙の力加減でやさしく紙を押さえてくれる。問題は、料理本専用のこの書見台を見ていると、お腹がすいてくることだけだ。

AとBの4

本を作るという作業にはじめて携わったのは、翻訳書を通じてのことだった。雑誌や新聞の記事とちがって、書籍の場合は校正刷も大部のものになる。それを知らなかったわけではないのだが、一般的な四六判を設計しているのにB4サイズの初校ゲラの束をどんと渡されたときには、かなり面食らった。四六判の見開きはだいたいB5で収まるくらいだからA4でまかなえるのではないか。

ところが、いざ手直しをしようとすると、あんなに無駄に思えた余白がどんどんなくなっていくのである。本文以外の空きがすべて書き込みのためにあるわけではないのに、それをぜんぶ使ってもろくな直しができないのはじつに情けなかった。手を入れれば入れるほど収拾がつかなくなって、端のほうに追加の紙を貼り付けたりしたこともある。

いまはもう仕事の区切りがつくたびに処分しているけれど、十年ほど前までは、こうした校正刷の控えなどをうまく捨てられず、相当な量を溜め込んでいた。家庭用のシュレッダーが普及しはじめたのをいいことに、早速安価なモデルを試してみたのだが、安価であるということはすなわち、標準的な紙しか差し込めないことを意味する。すんなり投入口に流れてくれるのはＡ４であって、Ｂ４は二つ折りにしたり破ったりしなければならない。おまけに一度の裁断は二、三枚重ねが限度で、それを何分か連続しておこなうとモーターが焼き切れるような臭いを発するのだった。これではいつまで経っても片づかない。燃やすわけにもいかないし、ゴミに出すにしても手でびりびり破らなければならず、疲れてくると破り方も雑になってきて、そのまま捨てたのと変わらない状態になってしまう。そんなわけで、諸々のストレス無しで済ませるには、結局、保管しておく以外になかった。

困るのは、Ｂ４の書類よりさらに大きい封筒を整理しておくのにふさわしい空間がなかったことだ。初校、再校、念校。それぞれに控えがあるから、一冊を作り終えるまでに六束ほどの書類の山ができる。また、新刊の書評を刊行日前後に合わせるために、本になる前の再校ゲラを読むことがあって、ここでもまた威圧感のある束が増える。印をつけたり付箋を貼ったりしたものは処分するに忍びないので、ある日、いくつかは残しておこうかという気になって、Ｂ４の書類を収めた封筒も楽々入るようなキャビネットを買うことにした。

日本の事務用品に使われるグレーやベージュの色も嫌いではない。他の日用品でなら積極的に選ぶ色だ。ところが、キャビネットを設置できそうな部屋の調度は、その二色をどうしても受け入れることのできないものばかりで、無理をすればB4が収まり、なおかつ黒かブラウンとなると、当時はまだ大振りな英国製しかなかった。カタログ上ではA4サイズのキャビネットとなっているけれど、それはファイルフォルダーを付けた場合の話で、そうでなければ懸案のB4が横にぎりぎり収まる。これしかないのだから、費用対効果などはもう度外視だった。

山と積まれて、なおかつその山が定期的に崩れていくB4の封筒を数え、他にあふれ出したもっと小さなサイズのファイル類も数えたうえで、私はその二段組みのキャビネットを二連仕入れた。英国製だから、デザインはまともでも細部の作りがいくらかやわで、調子に乗ってどんどん詰めていくと、レールの走りが悪くなる。おまけに、いっしょに届いたものであるにもかかわらず、鍵穴の位置がちがっていた。こうした微妙な鈍さこそが英国製の魅力ではあるけれど、そのキャビネットのB4書類はとうに満杯となった。いくつかは廃棄し、次々に送られてくる書類はまたしても床に積まれるようになって、もう足の踏み場もない。

リモワで運ぶ音楽

先日、ある大切な催しの発起人兼雑用係として、会場の予約と音響関係の準備を任された。そこはかつての小学校を転用した公共施設で、事前に手渡されたパンフレットのカラー写真を見るかぎりでは、床は厚みのありそうな松材、壁は真っ白に塗られた、瀟洒なスタジオのような空間である。図面を確かめるとほぼ長方形で、長手方向が一三・五メートル、短いほうが九・七メートル、天井高はなんと三・三メートルもある。コンセントはいたるところについているので、電源の心配はなさそうだった。ただし、これだけのエア・ヴォリュームで声や音を出すには、それなりの機材が必要になる。

どんな備品があるのか明記されてはいなかったのだが、そこまでは見当がついたので、会場の事務方に問い合わせてみると、一般的な有線のマイクは使用可能とのことだった。しかし、接続端子はフォンジャックかキャノンプラグのはずで、ＲＣＡ端子をつなぐには変換プラグがなければならないし、スピーカーコードもしかるべき長さが求められるだろう。

後者に関しては、幸い安価な白黒のケーブルが一五メートルほど手元に余っている。つまり左右七・五メートルずつ振れるということだ。音も重要だが、全体の色合わせも無視できない。先の写真のイメージを壊さないためには、うるさくならないこの白黒を選択するのが望ましいだろう。線は細いので、眠っているプリメインアンプに接続できる。

背もたれのない木製の、座面が平らな角椅子があることも知らされていたので、それをスピーカー台に転用することにして、防振用のゴムも用意した。非力な男ひとりで音響装置一式を運ぶとなると、どうしてもスピーカーは小型でなければならない。用意したのはJBL4312M。途方もない音量を求められているわけではないので、クラシックを流す程度ならなんとかなる。

そこには、あたたかくて、同時に鋭利なアンプを組み合わせたい。トーンコントロールがあってパワーもあり、古い調理台のような備品に合わせてもさまになる姿形。眠っていると言った先のアンプは、マランツのPM-4という一九八〇年発売のものだが、ヒートシンクが外付けになっているので発熱もほとんどなく、繊細だが押し出しもあって使いやすい。パワーは六〇W×二。フロントパネルの半分がシルバーのステンレス、半分が黒のツートーンで、表情も悪くない。

問題は、どうやって運ぶかである。アンプの重量は約九キロ。スピーカーは一台四キロだから、これだけでもう一七キロになる。アンプの幅は約四二センチ、奥行き三三センチ、高さ一八センチ。スピーカーは高さ三〇センチ、幅、奥行きとも一八センチなので、ユニットを向かい合わせて梱包すればアンプの幅に収まる。CDプレーヤーは、余裕を見て、受像機につないでいるソニーのDVP－F25にしよう。二〇×六×二七センチほどの小型で、しかも二キロもない軽量だから、ケーブルその他を入れても二〇キロ以内に収まる。飛行機のエコノミークラスで許された荷物の重さとほぼおなじである。

こうなると、やはり器はスーツケース以外にありえない。緩衝材を入れてなお七〇×五〇センチ、深さ二〇センチ以上の大きさがあれば、ぴたりと収納できるはずだ。そしてわが家には、まさにうってつけの容量のリモワがあった。機材をエアーパックで包み、そっと入れてみたら、一分の隙もない。完璧と言うほかなかった。

私はそれを上機嫌でタクシーに載せ、まだ見ぬ会場に向かった。苦労して階段をのぼり、ドアを開ける。すると、驚くなかれ、そこにはこちらをあざ笑うかのように、携帯型のデジタルプレーヤー一台ですばらしい音が出る某社のサラウンドシステムが、備品としてさりげなく設置されていたのである。生き恥をさらすとは、まさにこういうことだ、と私は空しく床に座り込んだ。

万年筆の行商人

ひとりで泊まった海辺の民宿の玄関口に、葡萄酒の木箱がぽつんと置かれていた。そこには歴代の客たちが残していった本や雑誌が無造作に詰め込まれていて、ご自由にどうぞ、という小さな張り紙がしてあった。持参した本は昼間のうちに読んでしまったし、蒸し暑くてなかなか寝付けそうになかったので、数冊しかない文庫本のなかから適当に一冊選び、明け方まで読んで過ごした。

翻訳のＳＦ小説であったこと以外、中身はなにひとつ記憶にない。ただ、これはたぶん「訳者あとがき」に記されていたと思うのだが、本篇はすっかり忘れているのに、いまも頭に残っている一節がある。訳者は自転車が大好きで、長距離ツーリングの途中、とある旅館で一夜を過ごした。その宿の女将さんに、あんたはどんな仕事をしてるのかと尋ねられて、筆で食べている、と言うべきところを、ちょっと背伸びしたのか、万年筆で食べている、と答えてしまった。すると、自転車で万年筆の行商だなんて大変だわねえ、とひどく感心されたというのである。なぜあとがきにそんな話が出てきたのか前後の脈絡がはっきりしないのだが、私の脳細胞と反応したのは、もちろん、この「万年筆の行商」だった。

戦後、いろんなものをかついで売り歩いていた行商人、場合によっては押し売りと呼んだほうがいい人々の大切な品目のなかに、万年筆も含まれていた。著名なメーカーの傷ものや、商標のない粗悪な輸入品を扱うこともあっただろう。しかし、ボールペンが擡頭するまで、万年筆は社会人ならば持っていて当然の筆記具だったから、ずいぶん売れた。いや、戦争直後だけでなく、かなりあとになっても、万年筆の行商人は活動していた。先の文庫のあとがきが印象に残ったのは、その蒸し暑い部屋で、一度だけ見たことのある行商の現場を思い出したからだ。

一九七〇年代半ば、文具店に行けば豊富な店頭在庫のある時代にそんな商売がどこまで有効だったかわからないのだが、売り込み先さえあやまらなければそれなりの需要があったのかもしれない。実際、私が万年筆売りを見かけたのは、中学校の職員室でのことだった。担任の先生に宿題を提出しに行ったとき、隅の机に何人かの先生が集まってわいわいやっていたので、おそるおそる覗いてみると、油絵の具の箱に似た、しかしかなり底の浅い箱がふたつ開いた状態で置かれていて、さまざまな形のペンがぎっしり詰め込まれていた。すべて万年筆だった。

なるほど、教師なら万年筆を使う。よく知っている先生がひとり、私の目の前で、アルミの細軸でできた、頭とお尻の二方向にペン先のある不思議なモデルを買った。大量の採点をするときは、赤鉛筆や赤ボールペン、そしてサインペンよりも、赤インクを入れた万年筆のほうが疲れないというのである。高価なペンに赤インクは入れたくない。その点、この価格なら気がねせず二色ボールペンとおなじ使い方ができる。まわりの先生方はいちようにうなずき、毛むくじゃらの行商人も購買者の意見に賛同した。

客ではなく購買力もない中学生の心のなかにも、この時の情景が刻み込まれた。付けペンによる習字の添削などで、壜入りの赤インクを使うところは見たことがあったのだが、採点用に赤インクを入れた万年筆を使う発想はなかったのだ。以来、赤インク入りの万年筆を持つことが、ささやかな人生の夢のひとつとなった。その夢が実現したのは、某通信教育の添削員のバイトにありついた学生時代のことである。要項に、採点とコメントは、かならず赤インクの入った万年筆で記すようにと指示があったのだ。ここぞとばかり私は文具店をはしごして、大役を担うにふさわしいモデルを探しまわった。そして、安くて丈夫そうな細身のスチール製万年筆を入手し、せっせと仕事に励んだ。しかし、ほどなく解雇された。手引き書に従った、型どおりのコメントを無視していたからである。周りの空気をうまく生かす行商人的なもの言いをしていれば、そんなことにならなかったかもしれない。

ホチキスをはじめて使ったときの感触を、いまでもよく覚えている。手にしたのは、現在でも形を変えて生き残っている、ステンレスの柄がむき出しで指の当たるところだけ緑色の樹脂で補強された簡素なモデルで、針も定番の十号。新聞紙だったかチラシだったか、とにかくその場にあった紙類を二、三枚重ねて小さな金属の鰐口に滑り込ませ、狙いを定めてぐっと握りしめた。一段階、二段階と、順を追って伝わってくる微妙な感触の積み重ねを確かめつつ最後まで力を入れると、細いステンレスの針がみごとに紙を束ねていた。

表から見ると真っ平らな針、裏返すと、これはどう形容したらいいのだろう、針金で作られた小さな人形が細い両腕を胸もとに当てているようにも見えるし、目だけで笑っている人の顔のようにも見える。たなごころに伝わる感触を味わい、針の表情を楽しむためだけに、私は何度も何度もホチキスで遊んだ。そう、ホチキスは遊び道具であって文具ではなかったのである。義務教育の期間中はもとより、高校から大学を経て現在に至るまで、この文具の感触と形姿《なりかたち》、そして使用時のガチャンという音を愛しはしても、常用はしていない。このあたりがとても複雑なところだ。

わが国で販売された最初のホチキスは、明治三十六年に伊藤喜商店（現イトーキ）が米国から輸入した、ＨＯＴＣＨＫＩＳＳ社の製品だった。ホチキス社は機関銃メーカーで、針を装填する機構が銃弾のマガジンとおなじことから、この文具を発明したのは創業者ベンジャミン・ホチキスだとの説があり、私もずっとそう信じてきたのだが、日本におけるホチキスの代名詞となったマックス社の資料によれば、どうやら文献での裏付けはとれていない俗説らしい。知られるとおり、本国では一般にステープラーと呼ばれており、ホチキスはすでに和製英語の域に達しつつあるのだ。

ホチキスからステープラーへと心の中の呼び名が変わったとき、なんだか一歩大人に近づいた気がした。といって、このステープラーなるものを日々使いこなすようになったわけではない。それはあいかわらず紙を留める実用品ではなく、すぐれた形を目で嘆賞し、手で触れて味わうものなのだ。機構にたいしたちがいはない。重要なのは大きさ、色、そしてデザインだけである。

使いもしないのに、これまでいったいどれだけのステープラーを買ったことだろう。

コクヨ、ライオン、プラス、ダルトンなどの国産品はもちろん、スペインのペトリュス、スウェーデンのラピッド、イタリアのゼニス、ドイツのノーヴァス、フランスのマペッドなど、大型文具店で見つけてその形に惹かれると、深く考えもせず購入してきた。

現行品ばかりではない。古道具屋で重い鉄製の、無骨な初期型ステープラーに出会うと、これもまた触らずにいられない。よく見かけるのは、スイングラインというアメリカのメーカーのもので、現行品は輸入はされていないようだが、その名のとおり全体のラインの流れがじつに美しい。

スイングライン社は、本体上部を蓋のように持ち上げてマガジンを開き、カートリッジ化された連装針を入れる現在主流の機構を開発したことで知られている。ステープラーの発展には、ステープルズ、つまり誰にでも扱える替え針の進化が関わっていたわけで、それを思えば、わがステープルズ初体験にも、歴史的な土台があったことになる。

古道具屋に出まわっているスイングライン社のモデルでいちばん多いのは、おそらく#4の針を使うどっしりした中型だろう。私もひとつ所有していて、目で慈しみ、たまに触れて、たなごころのリハビリをしている。文具としての使用頻度はきわめて低い。紙に穴を開けるのが嫌なのだ。束ねるときは、クリップを使う。要するに、私にとってステープラーは、いまだに玩具のままなのである。

眼球の中の宇宙

私の飛蚊症は、まず左眼に小さな黒点として誕生した。それらは高い空を舞う鳥の姿なのか眼鏡のレンズに取りついた汚れなのか判別できない一瞬のとまどいを残して、猥雑な町の景色に呑まれた。幻かと思われた黒点はその夜、蛍光灯に照らし出された下宿でふたたび姿を現し、開いた文庫本の頁の上でゆっくりと夜空に見あげる人工衛星の光の軌道を描いた。なにか小さな鉱物の破片が眼球の奥に埋まっている感覚だった。黒点は目の中の閉ざされた海を気持ちよさそうにただよい、位置によってはっきり見えたり見えなかったりした。

それらは少しずつ、着実に成長していった。点の左右に数本の透明なガラスファイバーが伸び、中ほどに黒く細い糸くずが絡まって伸び縮みする。昼間、雲のない陽光のもとを歩くと、水様液に隠れていたガラスの破片がダイヤモンドダストのようにきらきら輝いて視界を覆った。黒点と糸くずは毎日活字の上に居座り、辞書の文字を皆既日食さながら闇に閉ざした。不安に駆られて訪ねた眼科医は、黒点の物語を聞き終えると、それは生理的飛蚊症と呼ばれる症状で、硝子体の繊維が劣化した、いわば目の中の埃です、放置しても問題はありませんと告げた。

目の中の埃。ダイヤモンドダストとまではいかなくとも、これはまぎれもない埃だったのだ。外を歩くたびに、また、本を読むたびに埃の蚊が飛びまわって、ときどき吐き気がするんです、たとえば精巧なマイクロピペットのようなもので吸い取ることはできないものでしょうか、と問うてみると、医師はにこりと微笑んで、有効な治療法はありません、心配でしたら、半年に一度、眼底検査に来て下さい、べつの症状が出ていないかどうか確認することはできます、とだけ言った。

忠告を聞き入れて、それから二年ほど、つまり四、五回、眼底検査に通った。私の左眼は創世時の宇宙のにぎわいでガラスの破片や糸くずをまき散らし、それを右眼にまで波及させた。あたらしい黒点は黒い帯になり、どれほど内側に焦点を合わせても、手前に、奥に、その帯が絡まった大きなすのこ状の剝離物を突きつけてきた。治療法がなければ、共生していくほかかない。若い私が選んだのは、とにかくその異物たちを飼い慣らして、極力視界に入らないよう生活を調整することだった。

まず、部屋に備え付けられていた蛍光灯の使用を止め、勉強机にクランプで固定した可動式の白熱灯で部屋の明かりを採ることにした。一本では足りないので、似非Zライトを二本購入し、弱い電球で光の暈を重ねた。昼間もなるべくカーテンを引いて光を遮り、異物の浮遊が網膜に映る機会を減らしていった。目は、活字のためだけに使うことを心がけた。

蛍光灯と過度な陽光を遠ざけ、飛蚊症による視界の濁りを軽減する傾向は、二十代半ば、留学先のパリで決定的なものになった。図書館でも書店でも一般家庭でも、明かりはほぼすべて間接照明で、公共機関で仕方なく設置されたふうの蛍光灯の光も、かならずルーバーに反射させて和らげられていた。両眼の内側に広がる宇宙の暴発を封印するにはこういう光がどうしても必要だったので、今日までずっと、曇天と白熱灯を頼りに生きてきたのである。

ところが、老眼という要素が眠っていた宇宙に思いがけない動きを与えた。文字との距離だけではなく、明かりの質や量が、それまでと微妙に合わないのである。眼鏡のレンズを何度替えても調整しきれず悶々としていたとき、ふと、これまで遠ざけていた蛍光灯の光が視界を黒く濁らせず、むしろ洗ってくれることに気づいた。試してみる価値はある。しかし、やはりいきなり真っ白な光は受け入れられなかった。そこで、電球色に近い蛍光灯を使うことを前提に、色、形、機能とも申し分のない中古の可動式ライトを買った。笠の上に赤と黒のボタンが仲良く並んでいる、アメリカで生産されたルクソの初期モデルだ。インバーターの唸りを気にしながら、私はいま、再会した細長い天体の発する光の下で生き直そうとしている。

あのケースに入っている消防車を見せていただけませんか。そう頼んでみたら、お店の人は、うちには値打ちのあるものなんてひとつもありませんよという顔で、どうぞとだけ言って、またパソコンの画面に目を移した。鞄を床に置いてそろりそろりと歩かなければならないような古道具屋ではなく、ごくありふれたリサイクルショップでの出来事である。

　飾り棚の中央の、薄汚れた蓋付きのプラスチックケースのなかに、ブリキらしい小さな消防車がぽつんと転がっているのが目に入ったのだ。立ち去る前にちょっと触れてみようと思っただけのことだが、取り出してみると、案の定、ありふれた中国製の玩具だった。本体の裏に、原材料がきれいに残っている。みやげ用のお茶缶に鋏を入れて展開し、平らにしたブリキを裏返して再利用したものだ。はしごの部分とタイヤは黒のプラスチックで、塗装の剝げもない。にもかかわらず全体的にどこかしら古びた印象を与えていたのは、本来は透明なはずのケースの上蓋に細かい引っかき傷や経年劣化による曇りがたくさんあって、適度な目隠しになっていたからだろう。

　そんなわけで、買う気のないその車を元に戻そうともう一度ケースに触れたとき、私ははじめて上蓋の、赤いかすれたアルファベットのロゴに目をやったのである。ビスコット・グランゴワール？　いったいどうして、東京の、こんな平々凡々たる家電と家具中心のリサイクルショップに、パリの古物市にしかないような品が眠っているのだろう？

　ビスコットはビスケットではなく、定義の上ではむしろラスクに近い。グランゴワール社は十九世紀初頭からあるメーカーで、起源を調べてみると、同社の製品は十世紀末、パリの南に位置するピチヴィエにアルメニアからやってきた聖人グレゴワールが振る舞った故国の焼き菓子のレシピに遡るらしい。

　社の沿革によれば、一八一七年、ルイ・フィリップお抱えのパティシエだったプロヴァンシェールなる男が、蜂蜜やハーブの豊富なこの地方に建てた工場が土台になっていて、一九二〇年にレオン・ヴィリエという銀行家がそれを受け継ぎ、翌年、グランゴワール社を創設したことになっている。しかしこのグランゴワール社は、一九三二年に創業したブロッサール社と一九七六年に合併してしまった。後者はマルブレ、つまり、砂糖の衣で覆ったカカオ風味のケーキで知られている大手メーカーで、私も留学生時代、スーパーでサヴァーヌという銘柄の菓子をよく買って食べた。当時の経済力からすると、安いとも高いとも言えない微妙な値段だったけれど、結構日持ちがするのだ。味も悪くなくて、夜中にお腹がすいたときなどに欧州仕様のネスカフェと組み合わせると、なかなか幸せな時間を過ごすことができた。

ただし合併のために名前が消えてしまったせいなのか、グランゴワール社のものは食べた記憶がない。背中を反らした赤いウサギが軽やかに、ちょっと威張った感じでラッパを吹いている印象的なマークは、吸い取り紙やキーホルダーなどの販促用ガジェットでしばしばお目にかかるのだが、プラスチックのケースは見たことがなかった。残念ながら、聖人グレゴワールとウサギとラッパの関係についてはなんの知識もない。歩きながら片手で持っているところを見ると、これは楽曲の演奏ではなく軍隊に関係しているものだろう。その元気のよい赤いウサギが、日本のリサイクルショップの棚に人知れず巣穴を掘って隠れていたというわけである。

邪魔になるのはわかっていたけれど、買うものがなかったから、小物入れくらいにはなるだろうと思ってそれを手に入れた。ところが、家に帰って狭い部屋で蓋を開けてみると、蜂蜜とも香辛料とも縁のない、きつく、なつかしいにおいが鼻をついた。

ああ、とすぐにわかった。それは、やはり戦争や軍隊に関わりがあるとされる、あの「ラッパのマーク」の、伝統的な止瀉薬のにおいそのものだったのである。

万年筆のインクの補充は、カートリッジではなく内蔵の、もしくは装塡式のポンプを使って壜から吸入するようにしているのだが、署名などにどうしても必要な一本を除き、インクはすべてパーカーのウオッシャブル・ブルーを入れている。その名のとおり、水で簡単に洗い流せるくらいの絶妙の濃度で、どんな万年筆に注入してもさらさらと手品のように流れるし、漬け書きにして少し垂れるくらいの分量にしてやると、乾いたときの発色が重すぎず軽すぎず、読みやすい色になる。書くことの精神的な重さを、いくらか軽減してくれる色でもあるのだ。

五七ミリリットルの定番インク壜の青い部分が徐々に目減りし、厚い透明なガラスの向こうが透けて見えるようになって、インクの残量がラベルの下より低くなると、新しい壜をいそいそと買いに行く。近所にある文具店はどこもこの壜を棚に置いていなくて、ガラスケースの横の、扉付きの棚か引き出しに収めているので、客は店員さんに頼んで取り出してもらわなければならないのだが、欲しいものを買うときのやりとりはなかなか楽しい。

仕事で使う消耗品は、店頭在庫があるときまとめ買いをしておくのが、危機管理上の鉄則である。鉛筆、原稿用紙、消しゴム、それから封筒などに関しては、ずぼらな私もこまめに補充している。ところが、このインク壜だけは、使い切る寸前でないと買い換えない。珈琲豆と同様、そのつど仕入れたほうが鮮度もいいような気がするのだ。夜中にインク切れという事態が幾度もあったけれど、そういうときは鉛筆で書き継ぎ、翌日、一個だけ仕入れに行く。

ところで、インク壜といっても、壜がむき出しで売られているわけではなく、四角い紙箱に入っている。だから文具店のレジを守っているのが不慣れなアルバイト店員だったりすると、箱の色も言い添えることにしていた。黒っぽい箱で、ロゴの左上に薄いブルーの四角があって、その下の赤丸のなかに海の波みたいな試し書きの波形があるはずです、云々と。たいていはそれで通じるのだが、先日たまたま当たってしまった新人のレジ係は、引き出しの中身と客の要望の不一致に軽いパニックを起こし、店長に助けを求めた。すると店長は、ああ、パーカーは箱が変わったんだよと即答し、みずから探し出してくれた。目の前に現れた箱は銀鼠が基調で、インクの色と同様のラインが横に走り、ご丁寧にも壜の写真まで刷られていた。なんということだ。以前の配色とデザインが好きだったのに、これでは机に置いたときの風景が変わってしまうではないか。いつだったか、常用している頭痛薬のパッケージが変わったとき悲しみのあまり頭痛になったように、今回は衝撃のあまり顔色がウオッシャブル・ブルーになっていたに違いない。

帰途、私はあきらめの境地でその箱をつくづく眺め、なんの気なしに底面を見て思わず立ち止まった。メーカーの所在地がフランスになっていたからだ。パーカーは一九八〇年代後半に英国資本が入って本部もそちらに移されたのだが、二〇〇〇年以後は再び米国資本に組み入れられ、そのまた事務用品部門の傘下となった。由緒正しきウオーターマンまで所有している巨大資本である。新パッケージにあった地名はサン・テルブラン。この市には、ウオーターマン万年筆の工場がある。ということは、同系列に組み入れられたそれぞれの生産拠点が、フランスの一都市に集められたのだろうか。果たしてそうだった。しかも両者は、近々統合されることになっていたのである。他の分野でも似たようなものだろうが、こうなるともう、どこの国の製品を使っているのかわからなくなってくる。ウオッシャブルとは、結局のところ、メーカーの原籍のみならず、歴史までも洗い流すという意味だったのかもしれない。

六釜堂と洞窟の関係について

お昼の賑わいが去った駅前の小さなカフェで強い陽射しを浴びながらぼんやりレモネードを飲んでいると、ヒースの群生の一部を移植したような髪型のおばさんがひとりよたよたやって来て隣のテーブルに腰を下ろし、オランジーナを頼んでから、あなたはどこから来て、どこに向かっているのか、とまっすぐ私に訊ねた。パリからやって来たことは確かですが、行く先は決めていないんです、じつはどこにでも行く冒険家の卵なんですよとふざけてみたところ、おばさんはすっかり真に受けてしまって、じゃあ、ぜったい、この先の町の洞窟に行ってみるべきだわ、と熱心に勧めた。

私は観光ガイドのたぐいをいっさい読まない人間で、しかも地理に疎いものだから、旅の最中は偶然そこに立ち寄ったり、人に連れて行ってもらったりしないかぎり、なにがなんだかよくわからないまま動くのが常である。ずいぶん前、たまたまバスで通っただけのモン＝サン・ミシェルという浮かない浮島を虚構のなかで扱ったところ、なんとそれが世界的観光地で、誰知らぬ者のない名所だと教えられて驚愕したことがあった。要するに、常識がないのである。

だからヒース髪のおばさんがロッカマドゥール、ロッカマドゥールと連呼しても、最初は六釜堂、六釜堂と和風に響くだけで、それがしばらく前に食べた濃厚な山羊のチーズの産地であると気づくまでに時間がかかった。味はともかく、私はその直径およそ六センチ、高さ一・六センチ、重さが約三五グラムという小ぶりなサイズと、丸いレッテルに描かれた崖っぷちに家が張り付いているような土地の図柄は気に入っていて、それは観光とも美食とも無縁なものだったのだが、ともあれその峻険な崖とおばさんお勧めの洞窟のあいだには想像のなかで天と地の差があり、にわかに信じられなかった。

教えられた駅までは、二両編成の鈍行で十五分足らずだった。しかしいざ降りてみると、さびれているとまでは言えないまでも、まちがいなくシーズン前の観光案内所といった感じで、サングラスを掛けた髭の濃いお兄さんがひとりで取り仕切っている。六釜堂の洞窟へのバスはどこから出ていますか、と訊ねてみると、バスもタクシーもないよと素っ気ない。それに、あそこはただの崖だ、洞窟はそこからまた十数キロのとこにあると宣うではないか。さっき始発の駅でヒース髪のおばさんに教えられたんですけれど、交通機関がないなんて聞いてませんでした。冒険家にあるまじき不平を言うと、彼はヒース髪とはなにかとも問わずさらに落ち着いた口調で、車がなければ自転車で行くしかないね、と表の看板を指差した。駅はすなわち、貸し自転車屋でもあったのである。

いまから出たら夜の道は戻れない、向こうで泊まるしかないと彼はそこだけ熱心に説明し、二日分の賃料を要求した。しようがない。地図をもらって、私は走り出した。草原、菜の花畑、羊たち。途中、ひなびた食料品店で《ロッカマドゥール》のチーズとパンを買い、やがて到着した崖の上で、実際の景色とラベルの絵を見比べながら本場の味を嚙みしめた。そして、町でホテルを見つけて一泊すると、翌朝、冒険家の資質を証明するべく、幻の洞窟に向かった。

ところが、道は予想外に険しかった。ひどく簡単な地図だったので距離感が摑めなかったのだが、水を買うためにひと休みしたお店で訊ねてみると、まだまだ遠いよ、ほんとに自転車で行くのかねと心配されてしまった。冒険家につきものの、あの本質的恐怖に駆られた私は、店先で昨日の残りのチーズとパンを齧り、もしたどり着けなくても、せめて記念にこの臭い包み紙は持って帰ろうなどと考えていた。

その包み紙は、いまも押し入れの箱の中で山羊の乳の臭いを発しているのだが、さて私はその後、真の洞窟探検家になることができたのだろうか？

黒のなかのオレンジ

機器の前面、つまりパネルフェイスのデザインがどうしても気になる。視界から完全に消してその機能だけを引き出すものであればさして問題にはならないけれど、毎日目にするあれこれに関しては、精神衛生上、できるだけ好みに合った顔を選んでおくのが望ましい。利便性や価格だけで決めてしまうと、素材の質感、色、形、それから寸法などの、周囲との不統一感がだんだん大きくなるように感じられて、後悔を越えて不愉快にさえなってくる。

たとえばいま手の届くところに、電話の子機がある。複数の企業がひとつのデザインコンセプトのもとに集まってできた中心不在のブランド名で製造されていた機種だが、本体の役割は電話ではなくファクシミリだ。ただし、比較的古い時代のファクシミリでありながら、あのくるくる巻かれたコードのついた受話器がない。しかもディスプレイを除いて、プッシュボタンもすべて隠れるようなカバーで覆われ、なんの飾り気もない。

それまで使っていたのは、黒い三角柱を横倒しにしたような機種だった。熱転写のロールを装塡する古式ゆかしい、けれどそれが現行品であった頃には他になかなか見られないあっさりした顔を持っていて、大手電器店で見た十数種類の機種のなかで唯一許容範囲に収まっていたものである。送信速度も受信速度もそこそこだったが、この電子のトブラローネ・チョコで、私はかなりの数の原稿とゲラを送受信した。

ある日の夜、急ぎの仕事と闘っていたとき、その愛機が突然動かなくなった。修理を待つ余裕もなかったので遅くまで営業している都心の量販店に走ってあれこれ物色したのだが、驚くべきことにどれもこれも筐体は派手な銀色で、プッシュボタンまわりの説明書きがやたらに大きく、しかもその、親切でやっているらしい機能ごとのボタンの色分けに落ち着きがない。あえて言うなら、「ガチャガチャ」に入っている玩具みたいな色遣いと素材感で、いくら急いでいるとはいっても、これを持ち帰るくらいなら、原稿は自分の足で先方に届けたほうがましと思われるほどだった。

まともに見えたのは、先に触れた、いわば集合ブランドの製品だけで、これには説明書きのポップもついていなかった。店員に説明を求めると、とくに見た目を云々するのでなければ、高価だし、あまりお勧めできませんと言う。そんなわけで、へそ曲がりな私はさっそくその可哀想なモデルを包んでもらったのである。

機能は必要にして十分。デザインにも落ち着きがあり、普通紙を装塡するトレーが上に突き出てせっかくのバランスを崩している点を除けばなにひとつ不満はなかった。ファクスを受けて送る。電話に出る。それだけのことだ。その晩から、黒い筐体にオレンジ色の正方形のロゴが配されたファクシミリとの付き合いがはじまり、待ったなしの修羅場を共に闘い、しのいできた。

黒は明度が最も低く、彩度はゼロ、オレンジ色は明度も彩度もはるかに高い。両者を合わせると、ちょうど黒と黄色の踏切のバーのようによく目立つ。落差の激しい組み合わせの割合をずらして一方をワンポイントで使うのは理に適っているわけだが、考えてみると、私はどうも昔からオレンジ色をちょんと置いたような表情を好んでいたらしい。所有してはいないものの、憧れのミノックス35GTはシャッターボタンがオレンジ色だったし、いま机の隅に設置して小さなスピーカーを鳴らしている古いトリオのプリメインアンプ、KA－2002は、回転式のノブもピアノスイッチもすべて黒なのに、メインスイッチだけが鮮やかなオレンジ色である。少し離れて眺めると、この部分がアクセントになってじつに愛らしい。

機能は、顔の魅力に一致する。いや、パネルフェイスのデザインは、機能そのものなのだ。所有者の視界に入って、心を落ち着かせたり奮い立たせたりするのも、機械の重要な役割のひとつなのである。

奥の深い話

どんな話題を振られてもついていける博覧強記の人が世の中にはいて、座談の場にひとりでも含まれていると、話が途切れず滑らかに流れていくことが多い。しかし、その人ばかりしゃべりつづけ、まわりが頷くだけでは、遅滞のなさが逆に底の浅い印象を与えてしまう。言葉を差配している当人だけでなく、感心して聞いている者までなにか浅薄な気がしてくる。知識の出し入れは、まことに厄介なのだ。

もちろん知の引き出しが多いことは賞賛に値するし、ないよりもあったほうがいいに決まっているのだが、ひとりの人間として日々を真面目に過ごしていれば、自然に蓄積される知識や情報だけでも相当な量になるわけだから、引き出しの質は特定の分野の知識があるかどうかではなく、それらをどれだけ血肉化しているかによって決まってくると言ってもいいだろう。また、この問題ははっきり言語化できない感性の領域にもかかわってくる。

よく知っている人ほど黙っているという箴言が必ずしも真実ではなく、饒舌な人がつねに浅はかであるとはかぎらないこともいまの私は知っているけれど、若い頃はまだ、経験値を高める前段階の、つまり量としての知識をどんどん見せてくれる先生方や先輩諸氏に、素朴な畏敬の念を抱いていたものだった。すでに紹介したB4サイズのファイルキャビネットを購入したときも、だから、ほんとうは「大きな」書類ではなく、「多くの」小物の整理ができる容れものが欲しかったのだ。出し入れしているうちに夢が膨らみ、内面も豊かになる魔法のポケットのような、あの仕掛けが。

これまで何度か机上用キャビネットを試してみたことがある。古道具屋で見つけた木製のもの、荒物屋で売られていたスチール製のもの、現行品で最も多い、本体がスチールで引き出しがプラスチックのもの。がらくたを整理できて助かりはしたけれど、小さな机の上に置くとかなり圧迫感がある。奥行きが浅いほうが中身も取り出しやすいはずなのに、なぜかキャビネットはA4縦型が基本なのである。

たいていは三段から五段ほどしかないので、床置きにすると高さが足りず、棚の上に置いても、机上とおなじ理由で主張が強くなる。すっきり見せるには単体で立って高さ一メートル前後が望ましいのだが、そのくらいの寸法でいいなと思うのは一九五〇年代から七〇年代初頭にかけて英米で作られたスチール製しかなく、そうなると奥行きがＡ４縦どころか、軽く六〇センチを超えてしまうのだった。

英米の映画、とくに刑事ものによく登場する巨大なスチールキャビネットは、広くて天井の高い事務所の壁に、左右に書棚などのない単独状態で存在している。こういう贅沢な空間あってこそ生きるデザインなのだ。日本の一般家屋でそれをやったら、キャビネットが部屋の主になってしまうだろう。無理に設置しても、使いこなすにはその前の空間に余裕がなければならない。これだけの長さの引き出しをゆっくり外界に導き、いちばん奥に転がっている消しゴムをつまみ上げるまでの手間を倒錯とするか悦楽とするかは、微妙なところだ。

数年前、紆余曲折を経て、英国にあるということしかわからないメーカーの、塗装も取っ手のメッキもはがれかけていて触れるたびに指先に金属の破片が刺さる危険な状態のスチールキャビネットを手に入れた。色はグレー、高さは九〇センチ。深さ二センチほどの浅い引き出しが二列、それぞれ三十段ずつついているので、全部で六十段ある。机上に放り出してあったペンや書き損じの原稿などがすっぽり入って便利なことこのうえない。おかげで私は、事実としてまことに「引き出しの多い」日々を送ることになったのだが、奥行きは煮え切らない性格に合わせて中庸の四一センチほどだから、やはり奥の深い暮らしにはならないようである。

向かいの壁の茶色い染みを眺めながら、私はぼんやりココアを飲んでいた。驟雨にやられて髪も上着もずぶ濡れになり、身体がすっかり冷えてしまったので、とにかくあたたかい飲み物が欲しかったのである。するとそこへ、美しい白髪の男性を取り囲むように、数人の中年女性がどやどやと入ってきてすぐ隣のテーブルに腰を下ろし、にぎやかに話しはじめた。給仕の女性は、彼らの複雑な注文を注意深く聞き取っていったん引っ込み、ほどなく、トレーいっぱいに飲み物を運んできた。

身体はまだあたたまらないし、なんだか飲み足りない気がしてきたので、機会を捉えて私もついでにホットミルクを頼んだ。ココアもそうだが、ホットミルクにはその店の姿勢がたちどころに現れる。ミルクパンで丁寧にこしらえるのか、それとも横着してカプチーノの装置を使うのか。湯気の立ちのぼるミルクがやってくるまでに、三分とかからなかった。このすばやさと纖細な泡の立つ液体の表面、そして舌先に伝わる満遍のない熱さから、やはり後者だったかと落胆しながらも、いったんテーブルにカップを置いてグラニュー糖のスティックを破り、甘味を加えようとしたそのとき、ぼくはね、砂糖まで禁じられてるんだよ、という男性の声が聞こえてきたのだった。

眼の端に白髪男性の身振り手振りが、少しだけ入ってくる。でね、代わりにずっと持ち歩いてるんですよ、こういうのを。男性は内ポケットからなにやら取り出して、カロリーゼロで甘さが砂糖の三倍もあるという商品の名を口にした。あらまあと驚きの声があがり、液体のしか見たことなかったけど顆粒もあるんだ、とおばさんのひとりがひどく感心する。男性は得意げにつづけた。そう、全部ね、薬といっしょに女房が揃えてくれてるんですよ。

ふたたび歓声があがる。思わず顔を向けると、A4サイズほどの大きさの、薄いクリアケースが眼に入った。青緑、ターコイズ、あるいは珊瑚の潟の色。なんとも形容しがたいその外枠の色が私の記憶を刺激した。ああ、これとまったくおなじものを、古物市で買ったことがある。月曜から日曜まで、一週間分の薬を分けるピルケース。各曜日、各回ごとの仕切りに透明のスライド式カバーが掛かっていて、安全かつ確実に規定量を取り出せる仕組みになっている。

すごいわねえ、でも、持ち運びにはちょっと大袈裟すぎるんじゃないの、とべつのおばさんが指摘する。男性は動じることなく説明した。以前はもっと小さな型を使っていたんですがね、飲む分量がやたらに増えたんでこれに替えたんです。最初のおばさんが、徳用品のブラウスの山に向かう勢いで手を伸ばす。曜日が英語ってところがおしゃれだわ、どこでお買いになったの？　薬局ですよ、渋谷か新宿の。そうめずらしいものじゃありません。

　その晩、私は押し入れに突っ込んであったガラクタの箱をひっくり返して、件のピルケースを見つけ出した。横に七つ、縦に四つの空間があって、上蓋の左端に朝《マタン》、昼《ミディ》、晩《ソワール》、就寝前《クシェ》という枠がフランス語で記され、右端には、それぞれ七時、十二時、十九時、二十一時と、対応する時間が刻まれている。メーカーは、プラクティドーズ。汚れたケースの隅にも「フランス製」の文字が刻まれていた。

　調べてみると、これはスウェーデンのメーカーが開発したいわば国際規格の商品で、フランスを含む欧州七カ国に加え、アメリカ、そして日本で特許を取得しているものらしい。探せば日本語版も見つかるだろうし、そうなれば同一規格の異言語版もすべて揃えたくなってくるにちがいない。めでたく全種類集まったあかつきには、忌まわしい錠剤の代わりに七色のマーブルチョコレートでその穴を埋め尽くそう。ホットミルクで身体をあたためるのは止めて、美しい甘味のおはじきで朝昼晩就寝前と、一粒ずつ栄養補給をするために。

出先で原稿用紙に書いた文字を、書式設定済みのエディタに打ち込んでいく。枡目を守らなかったり上書きしたりするので、短い原稿でも正確な字数がわからず、編集者に渡すときは一度こうして浄書をかねて分量をチェックする。印刷し、誤字脱字を見直し、だいたいよさそうだと送って校正刷があがってくると、あわれ規定の行数にぴたりと収まっていることはまずない。横書きの組みは句読点が欧文書式になり、半角扱いも多くなる。禁則処理の方法のずれが、平気で数行の不足を引き起こすこともある。冒頭の一文字が美しく拡大され、通常より字数を食ったり、文中に白抜きの惹句が入ったりすることで、そのぶん文字が圧迫されることも、驚くに値しないごく日常的な光景だ。

この問題を解決するには、デザイナーや出版社が使っているＤＴＰソフトを揃えて書式を送ってもらい、そこにぴたりと収まるよう画面上で校正しながら書いていけばいいのだろうか？　しかし、それではあまりに効率がよすぎる。味気ないのではなく、あまりに直接すぎて、思考に必要な無駄が許されない気がしてくる。世はエコロジーの時代だから、紙やインクや電気の無駄を省くにはそのような書法が奨励されるかもしれないのだが、もともと書くという行為はエネルギー効率の悪いもので、最後に言葉として届けられる部分の割合は、送り出し側からすると送電線が遠方に電気を届ける効率の比ではなく低い。送り出す前に、文字に移す前に、消えてしまう想いのなんと多いことか。文字にしてからでも、どれほどの言葉を取りこぼしていることか。

たとえば手帖やノートやコピー用紙の裏に冒頭を書き、原稿用紙にその部分を写しながら続きをぐちゃぐちゃと記す。エディタソフトで縦組みの文章に打ち込み直し、試し刷りをして、それをまたぐちゃぐちゃに書き直したあと、懲りずに再校、三校、四校を楽しむ。編集者に渡してしまう前の校正回数は自由自在だ。手書きの快楽、言葉の無駄、効率の悪さといったことがらを脇に置いて言えば、この印刷した紙と向き合う時間が最も長く、大切なものになる。つまりプリンタが担う役割もきわめて重要だということである。

その大事なプリンタが故障した。店頭に並ぶとほぼ同時に購入し、三度故障して三度の修理を頼んだ満身創痍の愛機である。三度目の故障の折には、顧客データを見たメーカー側が恐縮したのか、無償で直してくれた。この機種に執着してきたのは、給紙トレーを本体下部に設置できて、上蓋をあげなくてもよいモデルがほかになかったからだ。高さが十数センチしかないので、いまオーディオラック代わりに使っている古い工場流れのスチール棚の、最下段の鉄板の下の空きスペースにすっぽりと収まる。毎度のことながら、価格と寸法とデザインを総合的に判断すると、選択肢は限られていたのである。

過去の歴史はどうあれ、動かなくなったのだから買い換える以外に手はない。昼間だったのを幸い、電器店に走り、現行機種に触れ、カタログにもじっくり目を通した。どれもこれも機能が多すぎる。不要な曲線がありすぎて、収納場所にもつっかえる。しかも、新機種を購入するとパソコンのOSを替えなければならないのだった。さあ、どうするか。予備のインクはたくさん買ってあるので、それを使い切るには四度目の修理に出さなければならないのだが、果たして今度も無償でやってくれるだろうか。それとも保守部品がないと断られるだろうか。メーカー側の善意と義侠心を計るためだけにでも、やはり修理に出してみようか。

結論は出ない。締め切りは近づく。仕方なしにいま、試し刷りなしの画面校正をしているのだが、やはり目の調子が悪くて頭がまわらず、いつも以上にぼんやりして余計なことを考えてしまい、なかなか捗らない。とはいえ、余計なことを考えられるのであれば、先に述べたとおり書く行為の本義に近くなるわけで、これはこれでよしとするほかないのだろう。

蛍光塗料の夜

数年前、職場を変わることになったとき、移籍先の研究室がやや狭く、しかもプレハブで床の強度にもいくらか不安のあることがわかったので、小さな部屋を借りて本を分散させることに決めたのだが、引き継ぎだのなんだので忙しく、私物の整理に入るのが遅れたうえに新学期前の引っ越しシーズンでもあったからすぐに名を思いつくような大手の運送業者はどこも予約がいっぱいで、希望の期間内にはまったく身動きの取れない状態だった。

あちこち電話をかけてようやくつかまった会社は、急ぎの話にとても親切な対応をしてくれたばかりか、おまかせパックを選択してもずいぶん良心的な価格設定だった。搬出の前日、まじめそうな女性スタッフが数名、梱包資材といっしょにやって来てただちに作業に入ってくれたのだが、驚いたことに、持ち込まれた白いダンボール箱には蛍光塗料のようにきついピンク色のロゴが大きく刷り込まれていて、どういう向きにしてもこちらの眼を刺激する。べつのデザインはないかと本社に問い合わせてもらったところ、そもそも開封して用が済めば終わりなのだし、引っ越し用の箱の体裁を気にするような客の存在は想定していないとのことだった。

それはまあそうだろう。しかしこちらはすっかり困惑してしまったのである。というのも、しばらくは暇もなさそうなので、新しく借りた部屋にはとりあえず箱をそのまま積み上げておき、調べものをするときだけ開ける方向でなんとかなるだろうと考えていたからだ。要するに、引っ越しの箱をそのまま保存ボックスとして流用する予定だったのである。けれど、こんなにけばけばしい色が大量にあったら長居はできない。そこで決断した。こうなったら部屋は完全な書庫として、いや倉庫として利用し、箱は箱としか見ないことにしよう、と。

引っ越しは、玉突きである。ある場所からある場所にものを移すにあたって、最後の最後にあわてないためには、途中で不要なものを捨ててやるしかない。箱詰め部隊が到着する直前、私は処分すべき本をかなりの速度でより分け、構内の資源ゴミ置き場にどんどん持ち出した。状態のよいものは図書館の交換本コーナーに置いてきたり、学生にあげたりした。頼もしい女性たちには、あまりこまかく考えずに片付けてくださいさい、雑誌と単行本と文庫本、それから洋書くらいの適当な分け方で結構です、そして、できれば、箱の横にそれをマジックで大きく記しておいてください、と頼んだ。

全部で何箱あったのだろう。雑務を終えて現場に戻ると、途方もない数の箱が部屋の床を覆い尽くし、廊下にもあふれ出していた。作業の現場を見ていないので、一個あたりどのくらいの時間で片付けられていたのかはわからないのだが、信じられないほどの速度であったことだけはまちがいない。おかげで私は、二班に分かれての引っ越し強行軍をなんとか無事に終えることができたのである。

あれから三年半が経過した。研究室のほうはさすがに人が出入りするので少しずつ開封せざるをえず、得体の知れない箱は十数個に減った。ところが倉庫の箱は、いまなお箱のままである。背表紙はもちろん本の姿さえ見えないので、資料に当たりたくても手のほどこしようがない。そもそも、どこになにがあるのかも把握できていないのだ。怖れていたとおり、倉庫へは月に二度ほど、ポストに突っ込まれたチラシのたぐいを抜き取りに行くだけになってしまった。

ある晩、久しぶりに入ったその倉庫の、何列も縦に積まれた箱の柱を、ふと思いついてテトリスのようにずらしてみた。床に膝をついていちばん下の箱を全力で押してやれば、多少は動くのだ。すると、陰に隠れていた柱から、「ぬいぐるみ」とマジックで大書きされた箱が顔を出したのである。ぬいぐるみ？　研究室にそんなものを置いていただろうか。それともこれは、女性たちのいたずらなのか。見なれない丸文字を前にぼんやりしていると、闇のなかであのピンクのロゴが、妖しい光を放ちはじめた。

Ⅱ

ピサから遠く離れて

ご搭乗のみなさまにご連絡申しあげます。フィレンツェ上空の天候不順のため、われわれはピサ国際空港に着陸いたします。なにとぞご理解のほど、よろしくお願い致します。夢うつつのなかで、マイクを通した聞き取りにくいアナウンスが耳に入った。機内からいっせいに驚きと絶望の声があがる。私も思わず低い天井を仰いだ。仕事とはいえ、晴れがましい体験になるべき初のイタリア詣でがこんな幕開けを迎えるなんて。いまさらなんの慰めにもならないのを承知で買ってきたフランス語版イタリア速習本の冒頭に置かれている「私たちはピサから遠く離れていますか?」の一文が、つまらない冗談のようにも、また美しい詩の一節のようにも響く。とんでもない、それどころか私たちはピサに向かおうとしているのだ。詩人ブレーズ・サンドラールが、よく知られた詩のなかで女性ジャンヌに反復させていた、「ねえ、ブレーズ、あたしたち、モンマルトルから遠く離れてしまったの?」という麻薬のごときリフレーンが脳裏をよぎる。そのとおり、シベリア横断鉄道ではなくパリ北郊に造成されたアスファルトの大平原の真ん中へバスで運ばれてあわただしく押し込まれた小型ジェット機ではあるけれど、聖なる心で世界中から観光客を迎え入れ、記念コインや蠟燭やロザリオと金銭を交換するあの商魂たくましい丘は、遥か彼方に遠のいてしまった。地図で見るかぎりピサとフィレンツェは目と鼻の先なのに、窓の外にはなんの異常もない澄んだ青空がひろがっている。天候不順の一語には、体調不良や家庭の事情と同様、どこかしら隠匿の匂いがあった。

ともあれ、飛行機は有無を言わさずピサ国際空港に着陸し、私たちは航空会社が手配した大型バスに詰め込まれて、高速で一時間半ほどのフィレンツェ空港へ移送された。タクシー乗り場で列をなして待つこと三十分、中心地へ行くなら同乗しないかと誘ってくれた私より頭ふたつぶん大柄の屈強そうなイタリア人女性の導きでなんとか繁華街のホテルに到着し、深夜にはなったものの同行の三人と無事合流できたときには、心の底から安堵したものだ。フロントで巫女のように婉然と微笑み、フランス語を自在に話す女支配人によれば、冬のフィレンツェは風がつよくてしばしば空路に影響が出るらしい。あなたたちはみな風に吹かれたというより煙に巻かれたんでしょうよ、と彼女は不吉な言い方をしたが、ほっとして自室に戻った私は『速習イタリア語』をふたたび開いて頭をこの国のモードに切り換えた。私たちはピサから遠いところにいるのですか？　そう、フィレンツェにいるのだ。フィレンツェはしかし、出発点にすぎなかった。旅の目的は、主として一九七〇年以後に伸びてきたイタリアの新興メーカー、もしくは伝統に則りながらも変革を試み、いちおうの成功を収めているブランドのなかから、手作りの職人感覚、あるいは職人気質を残しているところをいくつか選び、各地に散在する工房を駆け足でめぐることにあった。訪問先のリストに挙げられている社のなかには、正直なところ趣味に合いそうにない分野もあるし、かりに合致してもこちらの生活にはなじまないだろうとわかっている製品もあったのだが、ものづくりの、それも水準以上の品質を維持している工房で働く人々の現場を見学できるという、にわか記者の特権の魅力には抗しがたかった。

＊

第一歩は、十三世紀から守られてきた修道士たちの処方箋をもとに調合される薔薇水や香水、そして石鹼の販売で名を知られたここフィレンツェの「薬局」である。スカーラ通りに面した入り口から丸天井のつづく細長い通路をたどると、もうそのなかほどで濃厚なハーブの香りが鼻をつきはじめる。大きなカウンターのある受付の向かいと左手の壁に小ぶりな薔薇窓を配した、天蓋の高い空間が現れた。かつて教会として使用されていたこの聖なる場には、十九世紀半ばの改修工事以後そのままだという立派な棚に主力商品がずらりと展示されている。もともと、ドミニコ修道会の修道士たちがみずから栽培した薬草を病者の治療のために調合し、内部でのみ処方していた薬を、十七世紀初頭から一般にも売るようになったのだという。修道会の歴史とはべつに、オッフィチーナ・プロフーモ・ファルマチェウティカ、つづめてしまえば薬局を正式に名乗った一六一二年が、企業としての創業年と考えていいようである。

カウンター右手に緑の間と呼ばれる接待室があって、かつては顧客にリキュールなどをふるまっていたこの部屋の壁には、歴代経営者の肖像画がうやうやしく飾られている。修道士として最後の社主となった人物は、経営危機に見舞われた際、アトリエおよび店舗を市に寄贈するか処方箋の秘密を守るために私設の会社とするか、ふたつの選択肢のなかから後者を選び、甥っ子にすべてを売却した。以来、四代目を数えるこの人物の一族が、社のいっさいを管理している。経営陣は一族四人と外部の人間ひとりで構成され、その才覚ある外様で革新的な経営者でもあるのが、現社主だった。

彼が特異なのは、化学者でも薬学者でも衛生学者でもなく、工学を学んだ技術者である点だ。もとは繊維関係、およびバイク関係の機械製作を請け負っていたのだが、偶然この薬局の存在を知って感銘を受けた。十二年ほど前のことである。当時の局員はたったの五人。門外不出の処方箋に基づいて、トスカーナの平原で採れるハーブをおなじくトスカーナの土で焼いたテラコッタの壺のなかで三カ月発酵させて濃厚なポプリを作り、粉末を加えない純粋な牛乳から肌にやさしい石鹼を生み落とし、カテリーナ・デ・メディチがフランス王に嫁ぐ際に持参した「王妃の水」と呼ばれるオー・デ・コロンの元祖やローズ・ウォーターを調合していた。歴史と名声はあってもそれはささやかな家内工業に近く、商品はフィレンツェの内部にしか行き渡っていなかった。社主はそこに目をつけた。すばらしい商品をより多くの人に知らしめたい。同時に彼は、最低限の商機を見出したのである。

生産業者が規模を拡大し、危険を冒さずに採算を合わせ、ブランドイメージを保守しつつ利益を生み出していくためには、厳密な計算が要求される。人手を増やせばいいという単純な話ではないからだ。衛生概念も化粧の方法も、生活のなかで大きく変わってきている。もはや石鹼と薔薇水ですべてまかなう時代ではない。だから商品数も増やそう。それには効率のよい流れ作業と季節や原材料の出来に左右されない品質管理が不可欠だ。技術者だった社主は、十人に満たない人間の手作業より速く、しかも適度に遅い感覚を残しつつ伝統の匂いを消さないような調合装置を、自分の手で製作してしまえばいいと考えた。そして、スカーラ通りを離れて独立した工房を建設し、いっさいの設備をそちらに移した。わずか十年ほどのあいだに、社の商品は多すぎも少なすぎもしない在庫を維持しながら世界に広まっていった。皮肉なことに、「薬局」の存在を世界に知らしめたのは、そんな経営努力よりも、むしろ映画『ハンニバル』の、アンソニー・ホプキンス扮するレクター博士がこの店で香水を買う場面だったらしい。教養豊かな殺人鬼と伝統ある香水のとりあわせは、なるほど話題づくりにもってこいだろう。

いずれここを美術館として一般公開するつもりなんです、商人はまた文化の担い手でなければなりませんからね、と社主は静かに胸を張った。フィレンツェには創業百年を超える老舗が集まった協会があり、それぞれが社に抱えている歴史を外に出す努力をつづけようと申し合わせているという。将来は中庭にティールームを設け、また一族に伝わる数百年前のセラミックのレプリカを焼く工房を建てる計画もある。建物じたいがすでに書き割りのようだから、そんな夢に囚われるのも無理はない。聖具室には、一九六〇年代の大洪水でかなりの高さまでやられてしまったとはいえ、十四世紀のフレスコ画がほぼ完璧に遺されているし、開業当時のまま使われている特別室の飾り棚には、歴代の品が古い理科室の標本みたいに陳列されている。なかには修道士たちが手書きで記した一七四三年のレシピ集もあったが、私の眼は薬用ドロップの缶や重厚なカウンターの裏側の引き出しに惹き付けられて、歴史を矮小化していくばかりだった。

午後には、郊外に移された、まだ完成途上の新しい工房を訪ねた。重厚なスカーラ通りの店とは百八十度異なる殺風景な一角で、一九三〇年代のチョコレート工場を改装したという白いペンキ塗りの簡素な建物の前には、道路を挟んで小学校とガレージが見える。二、三百種類の原材料をストックし、製造から梱包まで、以前はあの古い建物のなかで片づけられていた作業のすべてがここに移されている。石鹸は型押ししてから一、二カ月寝かせ、人の手で丁寧に四方のゴミを削り取って袋に入れ、カステラみたいな長い箱に数個セットで詰める。薔薇水の瓶詰めには自家製の装置が使われており、店にあった旧式のものからはあまりに遠いとはいえ、機械づくりの好きな男がいかにも工作しましたという雰囲気はたしかに出ていた。ポプリを作るトスカーナのテラコッタは、味の沁みた土鍋と同様、過去のさまざまなハーブが発酵し、内壁を育ててきた一四〇〇年当時のものがいまだに使われていて、製法に大きな変化のないことがわかる。

だがなんと言えばいいのだろう、店舗と工房をつづけて見た私には、ある種の、かすかだが、それだけに意識せざるをえない違和感がずっとつきまとっていた。社主の目論見が、技術者としての伝統への参画にあるのか、それとも香りの芸術への傾倒と信念に結びついているのかが、どうもはっきりしないのだ。その人柄と才能をもってすれば、よい意味でもっと愚かなやり方を選んでもよかったのではないか。つまり、とんでもない歴史に包まれた都市の心臓部にこそ工房を留めおき、誰の目にも明らかな手作業を遵守して規模の拡大を拒む道を。そして幸か不幸か、同様の感想を、翌日訪ねたおなじフィレンツェ近郊にある万年筆メーカーでも私は感じることになったのである。

*

なだらかな郊外の丘の中腹に立つその社屋は、十九世紀にフランス国王が滞在していたこともある由緒ある建物で、十七世紀に十五年の歳月を費やして描かれた壁画が全室内を覆っている。建物も敷地もすべて市の管理下に置かれているため、不用意な改装はできない。都心部とは大気の鮮度がちがった。まわりに植えられているカモミールの香りが、冷気といっしょに肺の奥にまで入り込んでくる。

訪ねたのは、一九八八年、万年筆コレクターだったふたりの男が、失われた黄金時代の復興を目指して設立した新興メーカーである。迎えてくれた社主はぽっちゃりとしておだやかな風貌の好男児だ。祖父は腕利きの錬鉄職人、父は窓やドアを作る職人だったという。ローマ・オリンピックの選手村にその窓が使われたんだよと、ちょっと恥ずかしそうに教えてくれる。職人気質はこうして三代目に引き継がれたわけだが、彼自身は基本的にコレクターであり、知識はあっても自分自身で軸を削り、ペンを組み立てる技術を持っているわけではない。職人たちを差配するすぐれたコーディネーターなのだ。

創業を決意させたのは、万年筆の品揃えの乏しさに対する不満だった。モンブランやペリカンのような老舗ですら商品点数が少なく、色も黒を中心に地味なものしかなかったし、際立った品質のペンが見あたらなかった。なによりマーケット全体がとても小さかった。そうした不服を、趣味と実益を兼ねた事業で打開しようとしたのである。とりわけ執着したのは、セルロイドのペン軸である。セルロイドは、プラスチックのような石油製品ではなくセルロースからできていて、環境にやさしい反面燃えやすく、扱いがむずかしい。社屋兼工房のあるこの丘の涼しく澄んだ大気は、切り出す前のセルロイド板を寝かせるのに適しており、出荷待ちの完成品や部品は地下室を改造した貯蔵庫に保管されている。社内ではもちろん禁煙だ。そのために自分も煙草を止めたし、どれほど万年筆に対する知識と情熱があっても、喫煙者の採用はできないと彼は苦笑いした。

衰退の一途をたどっていたセルロイドの入手は困難をきわめた。そこで経験豊富な技師たちを集めて素材そのものを製造することからはじめ、一九九〇年に最初のコレクションとして限定品を発表、これによって社は万年筆メーカーとしての第一歩を踏み出し、一九九三年から国外への販売を開始した。最大の市場はアメリカだが、現在は中東もふくめて十五カ国に輸出をしている。近年のヒットは、危険な姿態の男女の絡みが彫り込まれた四本組、限定「六十九」セットの「春画」シリーズで、たちまち完売したという。大詩人ダンテの『神曲』をモチーフに、その世界を細密画のように彫琢した芸術性の高い作品も発表している。そこには十七世紀からフィレンツェに伝わる杖の取っ手の彫刻技術が生かされているそうだ。職人ひとりにつき一日一本、四百本作るのに三、四カ月かかる。また、「ウォール・ストリート」という名を冠したシリーズは、かの錬金術で言う四角い円を実現するべく趣向を凝らしたもので、四つの稜線と四つの面を持つ。この面はまた浅い弧を描いてかすかな円筒にもなっているため持ちやすく、キャップをはずしても机から転がり落ちない。丸みを持たせてなお角を残す発想は、単純だがいままで誰もなしえなかったものだ、と語る社主の言葉の端々から感じられたのは、われこそが万年筆ルネサンスのパイオニアだと言わんばかりの自信だった。

なるほどこの工房は、古き良き時代の万年筆を復活させたばかりでなく、カートリッジ六本分のインクが収まる特殊な機構や持ち運びに便利なインクポットなど、新しい技術を開発してもきた。「質と創造性」を合い言葉に築き上げたその地位は、しかしかならずしも安泰ではない。同社の成功は国内での競争を激化させたからである。他社の追随、もしくは巻き返しに、社主はひどく敏感になっているように見受けられた。供給が安定し、種類も多くなってくると、消費者は選ぶようになる。ペンはデザインであり、オブジェであり、ステイタスシンボルであり、人に見せる道具でもあると彼は力説してやまなかった。しかし、米国市場をあからさまに意識した重いデザイン、春画のように万年筆以外のコレクターが飛びつきそうな仕掛けに走ることで、本来の道を踏みはずしかけているのではないか。

私がそのとき取材メモに使っていたのは、ビックのボールペンのハーフサイズ、透明軸でキャップとインクが青の手帖用モデルだった。社主はそれを見て、不快だ、と吐き捨てた。そんなものを目の前で使うくらいなら、他社の万年筆を持ってきてくれたほうがどれだけよかったか。ボールペンを使うのであれば、薄汚れたスニーカーを履き、もっとよれよれしたセーターにジーンズ、手帖も安っぽいスパイラルにして、時計もそれに合わせろ、ペンはトータルコーディネートを必要とする男のたしなみだ、と。それはまちがってはいない。しかしビックのボールペンは、状況によっては大方の万年筆を凌駕する。手帖との相性も考慮して、わざわざこのペンを選んでいるのだ。筆記具は万年筆にかぎるとするその口吻は私を唖然とさせると同時に、文具全般に対する愛情と万年筆に特化した愛情とのちがいをあらためて認識させてくれた。そして、それがとても悲しかった。

三年間で会社規模が二倍になったというその勢いが影響しているのだろうか。ビジネスに比重を移しすぎたとき、扱われるものの輝きは残酷に失せる。あたたかい出迎えと経営者としての情熱に感嘆しつつ、私は最後まで違和感をぬぐい去ることができなかった。

＊

風に吹かれ、煙に巻かれながら、私たちはフィレンツェ駅からローマ駅、空港行き列車でローマ空港へ、さらにエアー・ワンというルフトハンザの子会社が所有するボーイング737で、サルデーニャ島へ向かった。窓の下には、見たことのない青の諧調がひろがっている。海と雲を満喫しながら三十分足らずで島の上空に入ると、眼下にはでこぼこした低い山がつづき、オリーヴらしき木立ちと毛玉のような羊がたくさん見えた。アルゲーロ空港へは、パイプ職人のS氏が息子さんと迎えにくださる。フィレンツェで会ったふたりのハイブロウな経営者たちとはまるでちがう職人然とした朴訥なおじさんで、それだけで私はほっとしてしまう。息子さんは七年前から父親の手伝いをしているのだが、ピアスをした完全に現代風の兄ちゃんで、それと手づくりパイプのとりあわせが楽しい。信号などひとつもない道を走ってサッサリのホテルへ行き、打ち合わせを済ませてから、海辺の景勝地カステルサルドまで案内してもらう。どこまで走っても、見えてくるのは畑と羊の群れと古い民家ばかりだ。冬場は枯れた木々のあいだに緑の草が生えて青々としているのだが、夏になると今度は木々のほうが緑になり、強烈な太陽光によって草が枯れ果て、土が露出するという。平らのように見えてかなり起伏のある道のずっと先の稜線に幾層もの淡い横雲がかかり、車窓の向きによってその光の色合いが微妙に変化する。点在するオリーヴの木々はみなおなじ方向に腰を曲げて、この島に吹きつける風の向きを教えていた。髪をなびかせて強い風に抗している人の頭部が並んだその点と点を結ぶ編み目のなかに、石造りの小屋が傾いた垣根にもたれるようにして身を支えている。途中、サルデーニャ特有の、ヌラーゲと呼ばれる円筒形の堡塁のひとつに立ち寄った。外敵から身を護る砦は不可欠だろうが、海辺ではなくこうした平野部に設けられているのが興味深い。島全体で数千はあるそうだ。弱まりはじめた光のなか、ティレニア海を見下ろしつつ切り立った山肌の道を走り、教会やレストランを抱えるカステルサルドの古い城塞の頂にのぼって海を眺めた。深度のせいなのか光のせいなのか、道中もずっと気になっていた青の感触にまた心を奪われる。ラピス・ラズリの質を落とさず、わずかに濁らせたその青に朱色の夕陽が重なっていく。磯の香りはほとんどなく、海と土地が、どこかできっぱりした見えない境界線を引いているようだった。

＊

翌朝、ふたたびホテルまで車で迎えに来てくれた息子さんに連れられて、パイプ工房を訪ねた。工房といっても、大きな三階建ての住宅で、その一室を仕事場に当てているだけだ。二十年近く住んでいたラエッルという町からここへ越してきて、まだ三年にしかならない。玄関右手の事務所兼展示室には、これまで制作したパイプのなかから非売として残された逸品の数々が飾られている。自然の模様を生かしているので、ときとして思いがけない、ほとんど奇蹟のような図柄が浮かびあがる。どうしても売ることのできないそれらの品のなかには、昨日見たカステルサルドの城壁やヌラーゲそのものという驚くべき模様があった。

Sさんは——氏ではなく「さん」で呼ぼう——一九四四年、ここサルデーニャのサッサリ県キアラモンティに生まれた。八人兄弟姉妹の長兄で、上に姉がひとりいる。上から四番目の弟がキアラモンティに近いラエッル山中に住み、許可を得ている山のなかでエリカの木の根を探し出して、兄にパイプの素材として提供している。もうひとりの弟は、サルデーニャの特産であるナイフづくりの職人だという。Sさんは一九六二年、十七歳のとき北イタリアはヴァレーゼのパイプ工場で働くようになった。とりたててパイプに思い入れがあったわけではなく、たんなる就職でした、手に職をつけたいってわけでもなかったんですよ、と正直に語る。ところが働くうち、自分の手でものを創り出していくことに喜びを感じるようになった。Sさんはそれを「血の中に情熱が入ってきた」と表現した。その後、パイプづくりに適した樹齢四十年以上の良質のエリカが故郷に自生しているのを知り、一九七九年に島に帰って工房を開いた。働かせてもらったヴァレーゼの工房でパイプづくりの全工程を学ぶことができたのはじつに幸運だった。ふつう、職人はそのうちの一部分を担当するだけです、そうやってある部分の専門家になる、わたしは教えてもらったわけではなく独学で学んだのですが、パイプの全工程にたずさわる職人はほとんどいません。こんなふうに書くと滑らかな口調のように聞こえるのだが、必要なことだけをぽつりぽつりとこぼすような話し方である。

パイプは熱に耐えなければならない。そのために、採取して角形に切り分けた根のなかから傷や亀裂のない部分を選別し、大釜で二十四時間ぐつぐつ茹で、あがったものを四年間寝かせる。ここまでの作業は素材調達係の弟の担当だが、おもしろいことにSさんが教えてくれた数字とはちがっていて、彼は三十時間煮てから二、三年寝かす、と説明した。もちろん根には個体差があるわけだし、きっちり時間を区切ってやっているわけではないのだが、この部分に関しては専門家の言葉を信じておこう。煮沸して乾かすのは葉が燃える熱に対する強度を得るためであり、また吸ったときに木の匂いが煙草の葉にまじらないようにするためだ。この煮沸に耐えられる樹木は、エリカ、オリーヴ、レモンの三種類しかなく、レモンの木でパイプを作っているのはSさんだけである。レモンのパイプの木肌は白く、ほんのりと果汁を垂らした薄い黄色に染まっている。色合いもさることながら、他の木に比べてずいぶん軽い。それを考慮してだろう、ここも妥協せず自分で棒から切り出して細工するアクリルの吸い口を、半透明の松ヤニ風のものにしてあった。

説明を受けながら、全部で三十五から四十ある製作工程のさわりを工房で実演してもらった。どこをやろうか、と言うが早いか、Sさんは塊を荒削りにして回転ヤスリをかけるところからはじめた。図面もスケッチもない。出てきた木目を見ながらほぼ即興で、思いつくまま、歌うように、または黙するように削っていく。夏には夏の、冬には冬のリズムがある。火種を入れる部分は機械で掘るのだが、周囲は勘だけで進めるため、幾何学的な正確さとは無縁の、微妙にゆがんだ曲線になる。削って磨きを入れたものに、今度はサルデーニャ産の、かつてセーターを染めたりするのに用いられた草のしぼり汁にアルコールをまぜた特製塗料を塗っていく。乾かすための棚は、壁の下地につかう粗末な松材を組み合わせ、そこに適当な間隔を設けて二寸釘を打っただけの手づくりで、穴を釘に差して引っかけ、自然に乾くのを待つ。色の付いた薬品を塗ると木肌の模様やゴミや傷が浮き出すので、傷があればふたたび研磨し、それでも消せない場合は、やはりこの島の特産であるコルク樫の樹皮を貼ってごまかしたり、パイプ本体と柄の部分の接続リングに再利用したりする。状態のいいものは、削り、磨き、塗る作業を幾度も反復する。

工房での立ち居振る舞いと、できあがった作品の質を確かめていただければ、あとはなにも話すことはありませんといった雰囲気が、Sさんのちょっと気弱そうな、不器用そうな顔からにじみ出ている。あまり喋らないだけではなく、イタリア人としては手の動きがきわめて少ないのだ。立っているときは両腕をだらんと下げているし、座っているときも前に組むだけで上体を揺らすこともない。パイプだけじゃなく、ものづくりには限界がない、学び尽くすことができない、流行にも敏感でなければならないしねと言うSさんに、あなたの作品にしかないところはなんですかと問うてみると、彼は静かに応えた。職人それぞれに独自性があるんだよ、大きさも形も色もみんなちがうし、特質を出すために工作機械を用意するところからやっている人もいる、同一の条件なら独自性も云々できるだろうけれど、みんなちがうんだからね、でも、あえて言えば、わたしがつくるパイプは世界でひとつ、ということかな。

昼休みをはさんで、午後、エリカの根を掘ってもらうために、山へと車を走らせた。山のなかを歩いているせいだろうか、弟は兄よりも陽に焼けて、しぐさにもいくぶん山男的な無骨さがにじむ。エリカの木の根を掘ってその塊を売る業者はかつて二軒あったそうだが、いまではSさんの弟ひとりで、どれだけ掘っても当分のあいだ品薄になることはない。私たちは真っ赤なトヨタの四輪駆動ピックアップと普通車に分乗して保護林に入り込み、急斜面に自生しているエリカのなかから樹齢四、五十年の木を探し出した。ふたりは、さっそく掘りはじめた。だがその掘り方のなんと雑なこと！

足場を安定させるために周りの木々をなぎ倒し、枝々を踏みつぶしてどんどん掘り進むと、やがて直径五十センチほどの大きな根がすっぽりと抜けた。イチジクのような、骨付きの唐揚げのような形のその根を荷台に積み、林の前の空き地で記念写真を撮って、ながい一日が終わった。

ラエッルに戻ったときには、もう日の沈む気配があたりにただよっていた。丘の頂からは波打つ畑と牧場を見渡すことができる。大気がかすかにもやって雲と丘の稜線の境目を曖昧にしているのだが、ひんやりした空気がその靄の帯を這うように流れていくのが木々の動きでわかる。隣家との境界には、樹齢二千年を超え、保護の対象になっているオリーヴの大木が二本、あたり一帯の主のように聳え立っている。その下には子どもたちの玩具やテーブルが置かれ、保護という言葉のイタリアにおける定義を示すかのように、大木の枝のひとつにしっかりした縄のブランコが取りつけられていた。西暦がはじまったあたりからここに立っている樹木の枝に抱かれて遊ぶとは、なんという贅沢だろう。Sさんがこの土地を離れてサッサリに移り住んだ理由は尋ねなかったが、できれば残ってほしかったなと勝手な想いにとらわれた。この丘の空気のなかでできあがったパイプと、あの町中の工房で生まれたものとでは、なにかがちがうような気がしたからだ。

翌朝、アルゲーロ空港からふたたびエアー・ワンでローマ空港へ。さらにエアー・アルプスという飛行機会社の双発プロペラ機でオーストリア国境に近いボルツァーノに向かう。音もそれほどうるさくなく、なかなか乗り心地がいい。窓の外は絶景だ。どこまでものびる雲海、切れ目から覗く低い山々、そしてほどなくその雲を突き破って現れるアルプス山脈の威容。ボルツァーノ空港はずいぶん小さい。峻険な岩山のあいだに位置しているのでゆっくりと着陸準備に入れず、ストレートに入る直前に急旋回して機体がぐらりと傾く。進入角度もかなりの大きさだし、さすがにスリルがあって、私は柄にもなく（柄のとおり）昂奮した。タクシーをつかまえてたどり着いたのは、各部屋ひとりのアーティストが装飾を担当したことで名を挙げている某ホテル。ショールームに入ったような感覚でどうも落ち着かなかったのだが、ボルツァーノではこのホテルそのものが取材の対象になっており、しかもそれは同行編集部の管轄なので、私はたっぷりと身体を休めることができた。

＊

ヴェローナまで出て、今度は空路ナポリへ。町歩きもせずひたすら眠り呆けて一夜明けた朝、一九八二年創業の万年筆メーカーの工房を訪ねた。高速道路から見えるナポリの郊外風景は、黙っていても絵になる火山や旧市街とは大ちがいで、日本とよく似た建て売り系の住宅がひしめき、見慣れた、なじみやすい印象を与える。工房はごくふつうの住宅街にあって、緑色の重い扉がなければそうとわからない、コンクリート二階建ての一般住宅だ。創業時、社主は二十五歳だった。みんなが鉛筆だのボールペンだので書いていた十歳くらいのときに、わたしはもう万年筆で書いていたんですよ、ペン先がふたつあるめずらしいものを持ってましてね、と、精悍な顔つきの社主は、抑えた表情で語りはじめた。従業員は三十五人。この区域はかつて金細工が盛んで、細部を蔑ろにできない万年筆にはうってつけの職人がたくさんいるらしい。イタリア南部には手工芸の伝統があり、従業員は半径三十キロ以内の出身者で、みな勤続十五年以上のベテランばかりだ。この職場は家庭的な雰囲気ですねと私が言うと、驚いたことにほとんどが親族で、実姉も事務所に勤めているという。

フィレンツェの同業者が述べていたとおり、一九八〇年代には安価なクロームのペンが主流で、ポケットに差したり革のケースに入れたときに映える万年筆がなかった。ペンの機能だけでなく姿をも愛するこの工房の主は、レジン、すなわち樹脂をボディに採用し、アクセサリーとしての側面を打ち出したモデルを発表していく。一九九二年には、世界初のチタンとカーボンファイバー製モデルを発表、一九九四年にはナポリ・サミットの調印に採用され、一九九五年には、遠く一九〇七年にアメリカで発明されたサイドレバー方式の吸入タンクを復活させたモデルを世に問うた。サイドレバーとは、ボディに埋め込まれた小さなレバーを立て、片端でなかに設置されているゴムの袋を押すことによってスポイト式にインクを吸いあげる機構で、本体をいちいち開ける手間がはぶけ、カートリッジの二倍のインクを貯蔵できるため便利は便利だが、壊れやすい。ここでは、オリジナルを大切にしながら改良を重ね、復刻の域を超える自社の象徴に育てあげた。

ナポリの工房の地位を不動のものにしつつあるのは「甘い生活」、ドルチェ・ヴィータのシリーズだ。コロセウムというサイドレバー装備の、キャップが黒、本体がオレンジという衝撃的な色合わせからなる限定モデルを出発点に商品化されたものだが、この配色は社主自身の希望だった。デザインチームは、ごくわずかな例外を除いて、紙の上で仕事をしない。工房の職人たちと現物を見て、ああしよう、こうしようと話をし、アイデアが技術的に実現可能かどうかを検討しながら現場で作業していく。まず形から入って、技術を考えるのだ。デザインには文化が反映されるんですよ、と社主は言う。配色もまた文化なのだろう。

この日、私はビックのボールペンではなく、パリの古物市で手に入れた一九五〇年代の回転式シャープペンシルを使っていたのだが、社長室のデスクにほかならぬそのビックの、オレンジ色の使い捨てライターが転がっているのを見つけて、万年筆をアクセサリーとしての側面から見たとき、洋服や靴など、身のまわりのものを一式すべて同レベルにする必要があるとお考えですかと、先まわりした質問をしてみた。彼自身の服装は一分の隙もない。ベージュとカーキが微妙に合わさったいかにもイタリアンデザインらしい背広をきっちりと着こなしている。胸ポケットに自社のペンはなかったが、これならなにを差しても恥ずかしくないだろう。応えはすぐに返ってきた。ドルチェ・ヴィータとは、メーカーを問わず、好きなペンを好きな状況で使う、いちばん楽しい使い方で使うというわたしの哲学であり、情熱の表現です、なにをどう使おうとかまいません、オレンジが好きだから、それが使い捨てライターであっても自社の製品とならべて楽しむ。なぜなら、それが自分にとって、気持ちのいいことだからです。

彼の哲学が本物なら、万年筆にとどまらず、筆記具全般、そして文具全般に適用可能なはずだ。甘い生活とは、自堕落で安逸な暮らしではなく、自分に最もふさわしい基準を持ち、それを譲らない生活の意味でもある。寛容さと厳しさの共存。コレクターたちを満足させるには手を抜いてはならない。セルロイドやエボナイトの切り出し工法に大差はないし、ペン先は現在ドイツでしか生産されていないから、たとえばキャップのクリップの表面だけでなく裏も横もきちんと研磨するといった、そういう隠れた部分にどれだけ手間をかけるかで質が変わってくる。型押しから仕上げまでが勝負なのだ。

工房にはパソコンもなければダイヤモンドを取り付けた切り出し機もない。あるのはねじ切り、箔押し、研磨機、バーナーによる溶接機、そしてメッキ槽など、ありきたりの工業用機器だ。職人たちはそれぞれの持ち場で黙々と働いていた。なかで目を引いたのは、二年間別の場所で寝かせて発火の危険がなくなったセルロイド棒の棚を背に、キャップにヤスリをかけている職人さんの椅子だった。合成皮革の安っぽい肘掛けで、座面の一部がやぶれてスポンジが飛び出しているような代物だが、作業台との高さを調整するため、左右の肘掛けにガムテープがぐるぐる巻き付けてある。しかも左側は肘を載せる角度や力の入れ方がちがうので、右よりも太い。イタリアにはすばらしい椅子が腐るほどあるけれど、これは世界にひとつしかない細工物だ。自分の体格と仕事に見合ったこういう微調整を私は好む。左の肘があと一センチ高くても、仕上がりに影響が出ることだろう。

待望の新作は、驚くなかれ、レアル・マドリードの記念モデルである。一年間かけてようやく合意に達した専属契約のおかげで、世界最高峰のフットボール・クラブチームの銘を持った万年筆が近々市場に出まわるはずだ。ナポリがセリエAに昇格したら記念モデルを作りますか、と半分笑いをとるつもりで尋ねてみた。ありうるでしょうね、マラドーナが活躍していた頃は、じつにすばらしいチームでした。じゃあ、マラドーナ・モデルはどうでしょうか？　社主はしばらく考えて、マラドーナは、ジョカトーレとしては申し分のない存在です、なにも言うことがない、完璧な選手です、しかし人間としてはどうでしょうか？　彼はいろんな人を不快にした、ありていに言って、モラルに欠ける男です、ドルチェ・ヴィータの理念にこれは反する。つまりマラドーナ・モデルは、ありえないということです。そう言い切った彼の顔には、しかしやさしい笑みが浮かんでいた。

*

午後の飛行機で気持ちよくナポリからヴェネチアへ飛び、空港からタクシーで国鉄の駅へ、そこからユーロスターで一時間弱のヴィチェンツァへ向かい、近郊のクレゾーレにある自転車メーカーを訪ねた。社を支える三兄弟の長兄は、ツール・ド・フランス、ジロ、ブエルタ・ア・エスパーニャなど主要大会で何度も区間優勝し、一九七二年の世界選手権でも優勝を果たした名選手だ。次男は大学出のエリートで、他の会社に勤めながら経理部門に手を貸している。そして、兄ふたりをしたがえて自転車づくりに精を出しているのが、ホテルに迎えに来てくれた三男坊である。専門学校を出てから十九歳で自転車制作に乗り出し、プロチームでメカニックとして働きながら現場のノウハウを学んだあと一九七七年に自社を興し、一九八一年、クレゾーレに工場を建てた。社員は二十名。うち十五人は創立当初から働いている。社の哲学は、自転車は人である、のひとことに集約される。自転車の背後に、それを作っている人間の姿が見えなければならない。したがって従業員はとても大切に扱われ、真剣に育てられている。各部品の製造は信頼できる下請けに任されており、ここでは組み立てしかしないのだが、職人ひとりひとりが全工程を学び、誰もが一台の自転車を創る技術を持っている。パイプの切り出し、研磨、溶接、塗装、フレームの歪み検査のいっさいを順繰りに担当するのだ。こんな自転車メーカーはほかにない、と三男社主は自画自賛する。サルデーニャのSさんはパイプづくりの一部始終を必死で盗んだと語ってくれたが、ここでは先輩工員たちの技術を盗む必要すらない。研磨で出た粉や塗料などを過度に吸い込んでいないかどうか、工員はみな三カ月に一度、健康診断を受ける。財産は人なのだ。しかし彼らの熟練の技をもってしても、月産六百台。けっして多くはない。

自社モデルのフレームが、トライアングルさながらずらりと天井からぶら下がっている楽器店のような一角がある。炭素繊維のバチでひとつずつ叩いて音を確かめてみたいという誘惑をなんとか抑えて、切り出されたアルミパイプを設計図に沿ってきっちりと組みあげ、溶接するところから見せていただく。角度の測定は電子機器ではなく金尺のような手動の器具でおこない、タイヤを履かせるフレームが地面に対して七十三度の角度に寸分の狂いもなく固定されてから溶接に入る。組み立てが終わると、強度検査だ。ねじれに対する強度としなりの度合いを測る、最も重要な局面である。重さ五〇キロの鉄の錘をぶら下げ、梃子の原理で全体に二五〇キロの重量をかける。車輪を取り付ける二股の部分は誤差〇・五ミリ以内、ペダルを取り付ける部分は三ミリ以内に収めなければならず、また錘を外した際にきちんと元の位置に戻る弾力があるかどうかを見極める。それぞれのフレームには製造年と製造番号、サイズが打刻されており、作業表には担当者の名が記されていた。万が一、規定の数値をはみ出すものがあったら、それは手直しされるのではなく廃棄され、誰の手になるかを確かめる。罰則を課すためではなく、なにがいけなかったのかを検証するためだ。そうした資料は十五年前から保管されている。それぞれの職人の技や癖もあるから、ひとつのフレームにはひとつのストーリーがあるんだ、と社主は言った。

ここではプロチームに納めるものにも市販のモデルにも、まったくおなじ技術と情熱が注がれている。二〇〇三年一月現在のラインナップで最も重要なのが、カーボンのモノコックで十二種類のサイズを取り揃えている「ディアマンテ」、フレームの重さが一キロを切っている「ゼロ・ノーヴェ」、そして「リーフ」である。アルミのフルボディは一二五〇グラム。それをカーボンにすると一〇五〇グラム。二〇〇グラムの重量節約は、自転車乗りにとって途方もなく大きい。特別な接着剤を用いて慎重に接合されたフレームは塗装にまわされるのだが、工房の徹底ぶりはここでも発揮されていた。メルセデス・ベンツやポルシェなど、高級車の塗装に用いられるデュポン社のコンピュータ制御による調合装置を完備し、塗料を自社でまかなっていたのである。

そのあと、私たちは「リーフ」の赤のモデルを持ち出して、パラッディオの宮殿ほどではないけれど十八世紀に建てられた広壮な館の敷地を借景に撮影をした。午前の光が雲に遮られ、空全体に薄手のカーテンを掛けたようなやわらかい光と靄のなかに、夢のような一本道が浮かびあがる。社主はじつに精力的に動き、要求されればそのとおりのポーズをとってくれる。自転車をかついで歩いてほしいという注文にもひるむどころか大いに乗り気で、ひとりでも多くの人間に工房の精神を理解してもらおうと躍起になっていた。よい意味の商売熱心なところがまっすぐに伝わってくる、楽しい一日となった。

＊

ヴィチェンツァ近郊、アルクニャーノの工業団地の一角にあるスピーカー・メーカーは、私が要望を出した唯一の工房だ。「音の工房」を意味するこのハイエンドのスピーカー制作工房の社主は六十四歳。背はそれほど高くないけれど、細身のスラックスに黒のTシャツ、そのうえに品のいい白の薄い綿シャツを羽織り、時計も靴もざっくばらんな着こなしでみごとに決め、紺のポルシェ・カレラ4を葉巻を吸いながら片手運転で操る粋人だ。最初に彼の参謀でマーケティング担当者の事務所に通され、社の沿革を簡単に説明してもらう。彼はヴィチェンツァの出身だが、ながらくACミランの財務管理に携わっていたという変わり種である。製品の輸出先は四十カ国。従業員は二十四名。木工職人や塗装職人など、外部で働いている契約社員が三十名。経理とマーケティングを一手に引き受けている彼のおかげで、社主は金銭のことなどいっさい考えずに、スピーカーの設計とデザインに没頭できる。現在、三年がかりの新作「ストラディヴァリ・オマージュ」の開発がほぼ完成に近づいており、そのお披露目を建設中の新社屋でおこなう予定になっている。日本への輸出は一九八九年、「エレクタ・アマトール」からはじまった。一九八七年に発表されたこのモデルは十年以上なんの変更も加えられずに生産され、また支持されつづけた。重低音こそ望めないものの、豊かな中域と繊細な高域のバランスがすばらしいモデルだ。

わたしの父は木工職人で、子どもの頃から木に親しんできたんです、と社主は語った。音楽好きで、オーディオ・リサーチのアンプにクリプシュのスピーカー、そしてリン・ソンデックのプレーヤーをつないで楽しんでいたのだが、どうしてもその音に不満があって、もっといい音を奏でるスピーカーを自分の手で設計してみようと考えた。つまり趣味としてスピーカーの制作をはじめたのである。ネットワークその他の設計は、だから完全に独学だ。一九七九年、すべて木で制作した最初のスピーカー「プロジェット・チョチョオーラ」、すなわち「スネイル・プロジェクト」、フランス語では「プロジェ・デスカルゴ」となるじつに独創的な姿形のモデルが誕生した。土台がサブウーファーになり、蝸牛というよりも蟹が両腕をひろげたその先に小型のツー・ウェイが載っている。家具なのか楽器なのか瞬時に見分けのつかない奇妙なスピーカーは、異なる木で十台制作され、経理担当者の事務所に第一号が飾られていた。このモデルの成功によって、社を立ち上げる決心を固めたのである。一九八三年のことだった。スピーカーの制作は、アコースティックの楽器を作るのと変わりません、と彼は言う。納得のいく木材を使い、たっぷり時間をかけて手作りをする。創業前、彼はヴァイオリンづくりのマエストロたちが集うクレモナを訪ねて、あれこれ相談に乗ってもらったそうだ。

フラッグシップ・モデルは、一九九三年発表の「グアルネッリ・オマージュ」。グアルネッリは、アマーティ、ストラディヴァリとならぶヴァイオリンづくりの名工である。社主設計のスピーカーは、科学と技術の冷徹にして無機質なデータに基づきながらも、音色の最終決定がつねに身体的反応に委ねられているところに特徴がある。完璧さを目指しつつ、人間の耳や身体が逃れられないむらを大事にしているのだ。その後継機種「クレモナ」の第一号は、クレモナ市立博物館のヴァイオリン展示室に、数々の名器と同等の扱いで飾られている。これほど名誉なことはなかったと社主は言う。なぜなら、「彼の」スピーカーのエンクロージャーは、上部から見るとユニットの面から徐々に曲線を描くリュートの形になっており、音を出すのではなく奏でる思想に貫かれているからである。ヨーロッパのハイ・ファイが、最終的には作り手の耳を信用することによって独特の味を出す理由が、こんなところからもわかる。なにしろ彼がクロスオーバーの設計をしているのは、客人の出入り自由の事務室であり、気密性も音響もじつに大雑把な空間なのだ。

音楽は聴く者の体調や気分によって、大きく左右されます、昨日よかったと感じた楽曲が数日後にはつまらなくなってしまうことが、あなたにもあるでしょう、だから時間をかけて試聴するんです。私たちが訪れたとき、事務室には「コンチェルト」よりもっと小さな、一九八四年発表の「ミニマ」ほどの大きさのプロトタイプが据えられ、小音量の室内楽でのデータが採られていた。コモの自動車ショーで発表したばかりだという、メルセデス・ベンツと組んだカー・オーディオ用スピーカーの試作品で、「グアルネッリ」の縮小版ともいえるじつに美しいフォルムである。音がなくとも飾っておきたい、ほとんど木工製品のようだった。一本のマイクがその小さなウーファーから音を拾い、パソコンの画面に周波数の変化を映し出している。製品の良し悪しを決めるまでに、こうして半年のあいだ聴きつづける。本当に気に入ったものだけが、創業当初から働いている職人の手で形にされるのである。

工房では、原則として組み立てだけをおこなう。ユニットはデンマークのスキャン・スピーク、およびスコーニというメーカーと共同開発したものを輸入している。「クレモナ」の場合、八カ月で千ペア、つまり二千台を生産する。月産二百五十台、一日約八、九台の見当だ。どんなに頼まれてもそれ以上は無理ですね、イタリアには、お酢ですら急いで作ることはできないという諺があるんですよ、と彼は笑みを浮かべた。

最後に、私の希望で「クレモナ」を試聴させてもらった。自社製プリメインアンプ「ムジカ」にアキュフェーズのCDプレーヤーをつないで、声楽、ピアノ、弦楽と三種類の音を鳴らす。声はきっちりと焦点を結びながら背後に音がまわらず、明るくはねるように伸びてくる。奥行きと低域がやや弱いような気もしたけれど、バランスのとれたあたたかい音で、とりわけ弦の響きがすばらしい。トールボーイのすらりとした姿態に、リュートに弦を張ったような黒いネットが映える。これはもう楽器の領域だ。そう、ここは楽器工房だったのである。

取材後、ホテルで荷物をピックアップしてタクシーでヴィチェンツァ駅、そこから鈍行でヴェネチア・メストレ駅に到着。さらにタクシーで十六世紀の城館を改装したホテルへ。豪奢な一室に閉じこもると、私はたちまち意識を失った。

*

最後の朝、冬とは思えない陽気のなか、私たちは列車でヴェネチア近郊のサチーレを目指した。ここにグランド・ピアノの新興メーカーの工房があるのだ。進行方向左手に、雪をいただいた山々が迫ってくる。葡萄畑、麦畑、そのあいだに点在する家々。駅に近くなると、家具職人の多い土地だけあって木材の集積所が目についた。駅前の細い道から住宅街を抜け、道路がくねくね走る山肌を正面に見ながら車で五、六分走ると、コンクリート打ちっ放しの平たい建物が左手に見えてきた。工房というより、これは瀟洒とした工場だ。現在、その隣に収容人数二百名のコンサートホールが建設中で、こけら落としは、この工房のピアノをこよなく愛するアルド・チッコリーニが受け持つことになっている。社主は大学で教えているといってもおかしくない風貌で、私たちを快く受け入れて話をはじめたのだが、かなり忙しいらしく、わずかなあいだに幾度も携帯電話が鳴った。好きではない言葉だが、「着メロ」は「主よ、人の望みの喜びよ」である。その第一小節が終わらないうちに、失礼、と断って、彼は次々に電話を受け、すべて終わったところでようやく工場を案内してくれた。

内部は自然光をふんだんに採り入れた、開放的な明るいつくりだった。楽器の制作にはスピーカー以上に良質の木材が必要だ。ここではストラディヴァリが用いたのとおなじ、標高一五〇〇メートルの高地にあるフィエンメの谷に育つスプルースをピアノの心臓部ともいえる共鳴板に用いるのだが、それらは半年から一年のあいだ、室温二三度、湿度二七パーセントに調整された特別保存室で寝かされている。軽くてやわらかく、強いけれども尾鰭のようにしなやかな木材だ。世界最大級のF308に使われる共鳴板ですら、男が片手で持ちあげられる程度の重量しかない。社主はこの保存室を「宝物の部屋」と呼んでいた。大切に育てられた部品を、家を建てるように組み立てた作品がピアノなのだ。ここの雰囲気はなんだか、造船所に似ていますね、と私が感想を述べると、そのとおりだね、と彼はうなずいた。金属のねじは極力排し、木ねじも本体と同一の素材が用いられる。ただし、職人から職人へゆっくり流れていく未完の船は、日本の船大工や宮大工のような正確さを要求してはいない。いろんな作業の現場を見学させてもらったのだが、家具づくりの経験を持つ地元出身の職人たちの仕事には、ときに首をかしげたくなるくらい雑なところがあって、たとえば木ねじを打つ穴を開けるときのドリルの刃は垂直にはなっていないし、打ち込む位置もかなりいい加減である。天井から吊された正確無比の機械がコンピュータの指令を受けてぴたりと決めるようにはできていない。もちろん金尺と鉛筆で狙いを定めはするのだが、ある若手の職人は、社主がすぐ隣にいるというのにずぼずぼ気持ちよく穴を開け、適当にボンドを塗った木ねじを打ち、乾きもしないうちに頭を切り落として、電動、手動の鉋であっというまに平らにならしていた。ねじは厳密な意味で、ひとつとして同一の深さ、同一の位置に打たれることがない。共鳴板を張り、弦を張って、さらに十一気筒、十五気筒エンジンさながらのシャーシをかぶせ、ピアノラッカーで仕上げてしまえば、手作業のむらは見えなくなる。木材そのものは均一でありえないし、共鳴板の響きにも差がある。それを完全におなじにするのは無意味なのだ。人間がひとりひとりちがうように、楽器もひとつひとつちがう。異なる人間が、それぞれのリズムで仕事をしてできたのだから、これはすなわち生き物なのである。

おびただしい工程のなかで、鍵盤の重さを調節する職人さんの仕事が私にはいちばん興味深かった。弦をたたくハンマーのフェルトは、高音になるほど小さく、軽くなる。最も低い音にかかる鍵盤の重さは五一グラム。いちばん軽いもので四七グラム。つまり八十八の鍵盤を四グラムの幅で調節するわけだが、それをやるのは機械ではなく人間の手であり、おまけに電子の測定器ではなく原始的な分銅である。一〇、一二、一三グラムといった単体ものから、一〇、一三、一二をつなげた三五グラム、あるいは一三、一三、一三と組んだ三九グラムといった組み合わせのさまざまな分銅を鍵盤に載せて、フェルトを巻いたハンマーの撥ねぐあいを目と指で確かめていく。サミュエル・ベケット顔の職人さんは、カメラを意識しつつ、決めるべきところを鋭い眼差しと繊細な指でぴたりと決めてみせた。調整された鍵盤はさらにべつの過程に回され、そこではフェルトを千枚通しみたいな先のとがったものでぶつぶつ突き刺しながらほぐしていた。鍵盤に固さの差が出るのは当然なのである。それをまとめてしまうのが最初に音を整える調律師で、おそらく工房の調律師が変われば音は微妙に変わるだろう。その日、老けたグレン・グールド顔のおじさんが耳栓をして第一段階の音階調節をしていたのは、二〇〇二年十一月五日に制作されたＦ２２８だったが、ばらばらな弦の呼吸を整えていく彼の手と耳の働きはあまりに神秘的で、ここではない向こう側の世界に属しているようだった。

　午前にはじまった探訪は、一時間半の昼休みに中断された。そのあいだに職人たちはなんと自宅に帰って食事をし、それからまた午後の出勤をするのだ。時間になるといきなり電気が落とされ、工場からいっさいの音が消える。風が止み、海面が真っ平らになって、工房は完全な凪になる。真っ黒な鯨が潮も吹かずに何十頭も浮かぶその沈黙の瞬間を待っていたかのように、オーストラリアの海へ旅立つ寸前のＦ３０８の前に腰を下ろした社主は、おもむろにショパンを弾きはじめた。ポロネーズのさわりを弾いたあと、最弱音を響かせるための劃期的な「四つ目のペダル」を駆使したドビュッシー《月の光》。旅の終わりにふさわしい、ささやかなコンサートだった。

＊

一連のイタリア工房探訪で感じ入ったのは、ものづくりにあたっての、よい意味での大雑把さだ。ミリ単位の誤差で製品を鍛えていくのは人間の手であり、はじめからきれいに揃えていてはむしろ狂いが生じる。日本の職人なら魂を込めると言いたくなる段階で、彼らは楽しみながら腕をふるい、最後にきちんと帳尻を合わせる。帳尻が合わなければ故障も出る。矛盾するようだが、故障が出ない精密さは、彼らにとって真の精密ではないのかもしれない。

一夜明けて、マルコ・ポーロ空港からド・ゴール空港へと向かう機上の人となった私は、なにげなく「ル・モンド」を開いて驚いた。フィアットの名誉会長の死去が大々的に報じられていたからである。眠い眼をこすりながらその輝かしくも人間くさい来歴を追い、イタリア新興メーカーの工房を訪ねたその帰りに、戦後イタリア産業の大立て者の死を知った不思議を思いながら、雪山の頂をかすめるように飛ぶ飛行機の機影が真っ白なキャンバスに黒い帯を敷いて喪服のように伸びていく様を、なかば惚けたように見つめていた。

パペットリーのある暮らし

パリの中央、ポンピドゥー・センターの裏手からマレー地区へとのびているランビュトー通りの二十番地、いびつな舗石の敷かれている薄暗いトンネルを抜けた中庭のつきあたりに、波打つような模様の装飾ガラスと磨りガラスがはめ込まれた、年代物の白いドアが見える。

パステルの専門店「ラ・メゾン・デュ・パステル」。一七二〇年創業という歴史のある店だから、格式も高くてとっつきにくいだろうとの予想は、若き女主人の終始おだやかな話しぶりにみごと裏切られた。相手から目をそらさず的確な言葉を選び、質問に対して過不足のない受け答えをするそのさまは、有能な経営者を思わせる。だが、彼女こそ、パリから一時間ほどの郊外にある工房で、たったひとり、代々伝わる門外不出のレシピに改良を加えながら、一本一本パステルを作りつづけている、まごうかたなき職人なのだった。

現在地に工房を構えたのが一九一二年。調度はほぼ当時のままだ。入って左手の壁一面が色ごとに分類されたパステルの棚になっていて、活版活字をならべた印刷所か、錬金術師の実験室のように見える。錆び付いた真鍮のトグルスイッチ、めずらしい木製の電気配線カバー、一九三〇年代の重厚な工業用フロアランプ、天井にとりつけられた二枚羽の扇風機、そして窓際に置かれていた数台の電熱器。どれもこれもアンティークショップでしかお目にかかれないようなものばかりで雰囲気は申し分ないのだが、小売店らしい構えはない。

国立土木学校を卒業後、大手石油会社でエンジニアとして働いていた彼女が、存亡の危機にあった家業を継ぎたいと思うようになったのは一九九九年、パステルの製法を初歩から学び、実際にこの店を受け継いだのはその翌年のことだった。いま彼女は、謙虚な職人気質に支えられた伝統にほんの少しモダンな感覚を加味して、閉鎖的な雰囲気を打ち破ろうとしている。

「伝統を守って、知る人ぞ知る存在であろうとするのもいいけれど、もう少し開かれたものにしたい、と思ったんです。ただし、開かれすぎないように、とも」

パステルは言うまでもなく画材だが、広い意味での文房具に数えて差し支えないだろう。フランス語で文房具のことを「パペットリー」という。この単語にはまた、それらを扱う文房具店の意味もある。現在のフランスのパペットリーは、「ラ・メゾン・デュ・パステル」のように、パリの中心部で洗練されたごく少数の定番のみを扱う「高級な」パペットリーと、どちらかというと周辺部に近い区域に散在し、質はもちろん、歴史や伝統や手触りなど意に介さない、単なる消耗品としての文房具を売るごく「一般的な」パペットリーとに二極化していて、その中間が存在しない。

後者では、文房具だけでなく書籍や雑誌、雑貨を扱っていることも多く、ヌガーやボンボンなどの菓子類を売っている場合もあるし、いまをときめく日本アニメのキャラクター商品の数々、韓国産のリュックサック、エイズ撲滅キャンペーンの腕輪、画材にマグカップに財布に携帯電話の充電器、パソコンプリンタのインクカートリッジ、デジタルカメラのメモリーカードなどがところせましとならべられている。また、独立した店舗だけではなく、大手スーパーの安価な文房具売り場も立派なパペットリーとして機能しており、新学期になると学校指定の文房具一覧表を手にした親子連れが大挙して訪れ、ひときわにぎやかな空間になる。

じつを言えば、かつてこの街で留学生生活を送っていた頃、私はもっぱら後者に親しんでいた。スーパーの文房具売り場は何日かに一度、食料を仕入れるたびに覗いていたし、新聞やノートを買いに行く小さな街のパペットリーでは、ついでにちょっとしたお菓子を買うのが楽しみだった。高級な店を冷やかすこともなくはなかったのだが、手帖一冊が一週間分の食費を上回るような値付けではさすがに敷居が高くて、冷やかしどころか冷や汗をかいて終わるのがつねだった。

フランス製パペットリーにおける両極の存在とそのとらえ方については、モンパルナスに近いヴァヴァン通りの二十六番地、日本でもよく知られた「マリー・パピエ」でうかがった話がとても参考になった。店主はやはり女性で、デザイン学校を卒業したのち広告業界で働き、一九七七年という早い時期に、色彩をつとめてシンプルに抑えた良質の紙と手帖だけを扱う店を開いたのだが、彼女もこの業界に中間層が存在しないことを嘆く者のひとりである。

「いくら大切なお客さまだからといって、子どもに気に入られればそれでいいなんて考えるから、キャラクターや派手な色に頼った粗悪品ばかりがまかり通るんです」

店の色彩そのものの、落ち着いた色合いの服に身を包んだ女店主は、こちらを射すくめるような鋭い眼差しでご自身の哲学を披露してくれた。色と素材と機能を一体として考えること。文房具を手にする者の自我を刺激し、いつまでも使いつづけたいという愛を育てること。そして、文房具から消耗品の匂いを消し去ること。

とはいえ、一方の極だけでは日々の暮らしが成り立たないのも事実である。文房具とのつきあいに美的な哲学を持ち込む人もいればそうでない人もいて、現実にはむしろ後者のほうが多数派なのだ。そして、この多数派が日常的にやって来る店の主に愛と呼び得るものが欠けているかといえば、そういうわけでもない。

パリのへり、十八区と接している九区のはずれにあるドゥエ通り、高等学校の向かいの五十五番地に、その名もずばり「ジュール・フェリー高校書店」という、まことに庶民的なパペットリーがある。店主はなかなか風変わりな経歴の持ち主だ。年齢は二十八歳。大学では先史時代の考古学を学び、一時は研究者を志したものの、重要な遺跡の大半を擁するイラクが「あんなことになってしまった」ためその夢はあきらめ、しばらく銀行に勤務した。ところが、どうしてもデスクワークに飽きたらなくなり、もうひとつの夢だった書店をやろうと決意する。それがほんの二年ほど前、二〇〇四年の話だという。

ただでさえ本の売れないご時世だから、大型書店に牛耳られている地方での小規模な書店経営は非現実的である。そこで、パリに的を絞って物件を探してみると、偶然にもこの店が売りに出されていて、文房具のことなどなにも知らないまま、とにかく書店を経営するために居抜きで買い取った。当初は仕入れ方もわからず、書棚もがらがらで、問屋とのやりとりが軌道に乗って多少はましな配本がなされるようになったのは、つい最近のことらしい。

しかし、店といっしょに受け継いだ人間関係を無視するわけにはいかなかった。なにしろ客の九割は、地元住民と目の前の高校の生徒たちなのだ。看板に書店と掲げてはいるものの、実態は先に触れた「一般的な」パペットリーで、文房具にしても最低限の定番が置かれているに過ぎない。おまけにそのわずかな文房具売り場をふさぐように前オーナーの導入した古いコピー機が居座っているため、ひっきりなしに訪れる客たちは、そこから奥は入れない場所だと勘ちがいして、なにからなにまでレジに立つ店主に口頭で注文するありさまである。

店内は学校の購買部どころか先史時代の遺跡の発掘現場みたいに雑然としている。客の要求は千差万別だが、応対はみごとなものだった。小型の封筒を一枚と言われれば、背後の棚からさっと抜き出す。このCDとカセットが入るクッション付きの封筒がほしいと現物を差し出されれば、いちばん合いそうな大きさのものをすばやく取り出し、商品に傷がつくのもいとわず、実際に入るかどうか客に確かめさせてから値段を明かす。スパイラルじゃない大判ノートを二冊と頼まれれば、色なんておかまいなしに棚から引き抜いて、はい、と手渡す。この顔写真をA４の履歴書の右肩にくるよう数枚分コピーしてと指示されれば、DJのごとき手つきで流れるように片づける。

話を伺っていた三十分ほどのあいだ、ビックの二色ボールペンが稼ぎ頭だという店のレジに休みはなかった。

書店の夢は、もちろん捨ててはいない。ご本人が告白するとおり、思想も哲学もなく、ただ不思議な縁があって買い取ったこの店は、まだ変貌の途上にある。にもかかわらず、客たちとのやりとりには、なんともいえない安心感とあたたかさがあった。色がけばけばしくてお粗末な品しかなくても、それらひとつひとつを介して成り立つ気取りのない交流は、あざとい商売を軽々と超え、伝統の重みと瀟洒な店構えに相対するだけの力を持っているのだ。

この店の「先史時代」はとうに終わっている。他の区域にもかろうじて生き残っているおなじような「パペットリー」とともに、真の歴史はこれからはじまるだろう。「高級な」パペットリーと「一般的な」パペットリー。あいだに欠けている層は、それにふさわしい商品だけではなく、人と人の関係でこそ埋めていかなければならないのだから。

ルーレットが歌っている

パリ十一区、バスティーユ広場の東側にのびるフォブール・サン・タントワーヌ街をしばらく歩いて家具職人の工房が多く残るシャロンヌ街を左に折れ、そのまま進んでいくと、最初のゆるいカーブの偶数番地の側に、パサージュ・ロムと呼ばれる小路が隠れている。セドリック・クラピッシュの映画『猫が行方不明』の舞台になったあたりで、約束の時間の前にうろうろしていたら、夏休みのあいだ猫をあずかってくれる人を捜していた主人公がアドバイスをもらうカフェがあった。庶民的な区域だが、映画にも描かれていたように、新オペラ座周辺の開発前後はあちこちに緑色の工事用フェンスが張り巡らされ、クレーン車が天を突くという光景が見受けられた。

パサージュ・ロムは、幸いにもその流れから少しはずれたところにある。シャロンヌ街から眺めると三方を建物に囲まれた中庭のように見えるのだが、実際には通り抜けのできる小路である。丸くすり減った古い石畳の音が最上階までしっかり届く響きのよい空間だ。その入り口に近い右手の建物の一階に、ゲニエと呼ばれる革張り職人の工房「アトリエ・フレ」がある。

重い鉄の扉がすでに開け放されていて、青い作業着姿の女性が奥の大きなテーブルで仕事に取りかかっていた。工房に一歩足を踏み入れると、埃と革と蜜蠟の入り混じったなんともいえないにおいが、うっすらと鼻を刺激する。もっと古色蒼然とした薄暗い穴蔵のようなところを想像していたのだが、入り口の左側がほぼ全面パサージュに面したガラス窓になっているため、とても明るい。そのうえ天井が高いので、実際より広く見える。

革張り職人でもあるアトリエの女主人は、ゆったりと、かつ、てきぱきと動き、着実に仕事をこなしていく。自分からは口を開かず、訊ねられたことに対してだけ短く反応してくれるのだが、それがつっけんどんでもないし、冷たくもない。親切だが、度を過ごさない。ご自由にとの言葉に甘えて、私は工房内をくまなく探索することができた。

革張り職人とは、椅子の背や座面、書斎机の天板の革、家具や見本ケースの内張りや修復を請負い、革装の背表紙が並ぶ贋の本棚などを制作する専門職だ。入り口のすぐ右手の小部屋には、印面を前にした花形の箔押しが印刷所のように整理されている。

窓の外から覗くと正面にあたる右の壁には、組み立て式の大きな棚があって、牛や山羊や羊の革などが筒状に丸めて収められていた。ベージュ、緑、茶。染められた革の色が画材のように壁を賑わしている。山羊は高級家具に用い、より一般的なものには仔牛を使う。羊の革を張った大小ふたつの肘掛け椅子が奥まったところに置かれていて、一方は明らかに子ども用だったのだが、試してみたら私の身体で無理なく収まった。座面も低く、じつに座りやすい。在庫棚の前にあるテーブルの下には、まだ革が張られていない、骨組みだけになった円卓や小さな椅子が無造作に寝かされていた。

かつてこのパサージュを取り巻く建物は、すべて職人たちの工房で占められ、全体がひとつの工場のように機能していたという。最上階に作業の基礎になる技術の持ち主がいて、仕上げをする階下まで未完の品が順次下りてくるわけである。上から高級家具職人《エベニスト》、ブロンズ鋳造師《ブロンジエ》、内装紙張り工《タピシエ》、そして革張り職人《ゲニエ》。革の色を染めるのは染め物職人《タンチュリエ》の管轄で、それはおなじ区のべつの通りにいまも生き残っているのだが、共同体としてのパサージュはもう消え失せ、一階部分を除けばすべてアパルトマンになっている。このアトリエではあらかじめ色のついた革を仕入れ、注文に応じてさまざまな形に張る。部分的な彩色をほどこすことはあるけれど、主人その人が革の鞣しの工程や染色に詳しいわけではないし、木工細工に通じているわけでもない。流れ作業の一端を正しく担っていると考えれば、たぶん理解しやすいだろう。

素っ気ないカミソリの刃や接着剤などの消耗品のあいだに、工房に伝えられてきた古い道具類が置かれている。たとえば、専門用語でなんと言うのか、銀のスプーンを入れるケースの、波々になっている部分の型を作る工具。リリアン編みの棒みたいな歯がたくさん出ているこの単純な道具で、スプーン一本一本が収まる精緻な細工をほどこす。万年筆や宝石箱のケースなどにも応用できるものだが、残念ながら現在ではこの手の細工の注文は受け付けていないそうだ。圧巻はやはり壁に掛けられたルーレット、すなわち回転式の箔押し機だ。焼きごてみたいに熱しておいて、革の周囲を飾る金箔模様を押す。絵柄はすべてファイルに整理されており、客の注文に応じて紋様を作り出せるようになっていた。

革張り職人は、フランス全土でもう十人もいないという。理想と現実のあいだには、大きなギャップがあるんです、と女主人は正直に話してくれる。家具職人や絵画の修復職人などは、きちんとした学校があって後継者を育てることも可能なのだが、革張りにはそうした公的な後ろ盾がない。つまり働きながら覚えるしかないわけである。彼女の言い回しを借りれば、「日々是勉強の仕事」となる。

「椅子なら椅子の作られた時代に合わせて古い革を使おうとしても、表面の粒が消えてしまっていて、種類がはっきりしないものも多いんです」

古い革と聞くと、どうしてもバルザックの『あら皮』を思い出す。骨董商の老主人が青年に差し出した、望みをすべて叶えてくれるというあら皮。しかし、ひとつ望みが叶うごとにその皮は縮んでしまう。悪魔に魂を売り渡してもなお欲にまみれて死んでいく人間の愚かさ。小説のなかのその皮は、アジア、イランに生息するアジアノロバの亜種オナガーのもので、かつては本の装幀に用いられていたのだが、バルザックがこの作品を発表した一八三一年には、山羊の皮が使われるようになっていた。アトリエの棚のどこかに、そういう怪しげな古い革が眠っているのではないかとつい期待したくなる。けれど、なにか切れ端が見つかったとしても、ただ古いということしかわからないらしい。

「こうやればいいという定石がないんです。ある革にぴったり合った糊がべつの革にも使えるわけじゃなくて、どの糊がどの革に合うかはその時々の判断で決まるんです。磨きをかける研磨素材も、革によってまちまちなんですよ。むずかしい仕事ですが、とても人間的なところがあって、わたしは好きです。そして、好きでなければできない仕事です」

女主人がこの道に入ったのは、まったくの偶然だった。大学では商学部で学んでいたのだが、就職がうまくいかずに途方に暮れていたとき、友人から、母親の工房で働いてみないかと誘われた。二十三歳のときのことである。以後、二十年間、ずっとこの仕事をつづけてきた。要するに、性に合ったのだ。店名に名をとどめる恩人は、父親からこの工房を受け継いでいた。創業は一八五八年、『あら皮』よりもあとの時代になる。父親は工房の職人のひとりだった。見込まれて経営権を買ったのが一九二一年。引退後は娘に未来を託した。壁を一面埋め尽くしているおびただしい数の箔押し機はすべて彼から引き継いできたもので、いまどんなに古物市を探してもこれだけの質のものをこれだけの数手に入れるのは不可能だろう。まさに民俗博物館レベルの品揃えである。五年前に恩人が亡くなったあと、しばらくは二、三名の職人で店を守っていたのだが、ひとり、またひとりと減って、最後に残った彼女が三年前から切り盛りしている。夫は材木商でこの工房とは無関係だし、小学生の娘さんがふたりいるけれど、跡を継いでくれるかどうかは不明だという。とにかく、いまできることを、こつこつと片付けていくしかない。

突然、なじみの家具屋がタンスの引き出しをいくつも運び込んできて、内側に布を張ってくれと頼んだ。小さなケース類はもうやらないけれど、こういう家具関係の布張りは、付き合いのあるところだけ引き受けているのだそうだ。つづけて、小柄な老人と大柄の若者の凸凹コンビが、テーブルの天板を引き取りに来た。オランダからの注文だという。

撮影のあいだ、私は黙って仕事の様子を眺めていた。革を断つときは、小学生が使うポケットナイフの替え刃みたいな柄のない刃を指で摑み、それを金属製の定規に当てて切っていく。注文サイズより少し大きめにカットし、四隅を糊付けしながら折る。伸び縮みを考慮して、乾燥時にまっすぐになるよう調整する。糊は、乾いたときに硬化しない種類のものを使っている。糊付けの前には目の細かいヤスリをかけて表面を平らに均し、てのひらで触って凹凸がないか確かめ、どこかおかしければ違和感がなくなるまでその作業を反復する。そして、貼る。乾燥には、長い時間がかかる。

箔押しの作業も見せていただいた。二十二金の金箔を、適切な温度に熱したルーレットで革に焼き付けるのだ。ブタンガスの簡易カセットコンロで熱したルーレットの先を、ジャム（ボンヌママン！）の広口壜に入れた水で冷やしながら温度調整をする。必要最小限の装置と言っていいだろう。適温かどうかは、音で判断する。天ぷら屋の主人が揚げ加減を音で判断する道理だろうか。職人のあいだでは、それを、「ルーレットが歌っている」と表現するのだそうだ。金箔のリボンを延ばし、みごとに歌ってくれた先端部を押し付け、ぐっと体重をかける。力を入れて少しずつ転がしていくと、花模様がくっきりと焼き付けられた。彼女はすぐさまマグネシウムを取り出し、さっと表面を磨いてやる。すると、ぴかぴかの紋様が一直線にできあがった。これが書斎机の革のマットやゲーム卓の天板を飾るわけである。

好きだからつづけたい、でも、先のことはわからない、と女主人は冷静に繰り返す。幸い、顧客はいる。なにしろ公共施設で古い調度をいまだに使っている国だから、張り替えの注文もかなりあるのだ。個人客はフランスよりもロシア、アメリカ、中国の若い富裕層へと広がっている。しかし、フランス国内で、立派な書斎を構えて革張りの机を置くような企業の社長が、いや、せめて賭場の小卓を愛する男たちが増えてくれたら、『あら皮』ではないけれど、ルーレットがべつの意味のルーレットになって、新たな展望を開いてくれるかもしれない。

さっき、あなたを見ましたよ、と私は言った

運河で知られるイタリアの、国際的観光都市に近い空港からタクシーで鉄道の駅へ、そこからさらに電車で一時間ほどのところにある地方都市に向かったのは、冬の夕刻だった。空港の案内所で調べてもらったところ、そのとき抱えていた急ぎの仕事をこなすために必要な環境が整っているホテルで空きがあるのは、郊外にしかないとわかったからである。係の女性の話によれば、そこは工業地区の一角の展示場に付随しているホテルで、年に数度開かれる大きな見本市のために世界中から集まってくるバイヤーたちが利用するのだという。

タクシーは疲れた客人を乗せて、闇のなかを抜けていった。街灯もなければ建物から漏れ出る光もない。まるで閉園した巨大な遊園地のなかにさまよい込んだようだった。薄暗い両開きのガラスドアの前で降ろされ、仕方なく中を覗くと、深海さながらのフロントに、背の高い若者がぼうと立っていた。電話で予約をした者だと告げると、

部屋はある、でも、バールで夕食はとれない、開くのは朝だけだと教えてくれた。だが、言われたとたん、私は腹が減っているのに気づいたのである。そこで、あまり期待もせず、どこかに食べるところはないかと訊いてみると、大通り沿いに中華料理店がある、この先を左に曲がって道路に出たら、今度は右にずっと歩く、すぐにわかるさと、彼はすばやく地図を描いてくれた。といっても、直線三本と矢印が連なり、ホテルからそこまで辿ったところに、大きな丸が記されているだけのものだ。礼を言い、部屋に荷物を置いて、私は車を呼ばず、また闇のなかに戻った。それほど遠くはないだろうと思ったのである。

とんだ見当ちがいだった。歩いても歩いても、がらんとした倉庫が連なっているばかりで案内板ひとつない。車をつかまえようとしていたのではないけれど、大通りとは道路幅が広いという意味で、交通量が多いわけではなかったのである。私は不安にかられはじめた。早足で進むこと半時間、とうとう目の前に赤いネオンが見えた。入り口に立つと、まるで待ち構えていたかのような自然さで、たしかに中国服を着た若い女性が迎え入れてくれたのだが、一歩足を踏み入れた瞬間、凍りついてしまった。店の床は全面透明な強化ガラスで、その下が深い水槽になっていたからだ。

メニューには、中華料理とイタリア料理が半々に記されていた。私はパスタを注文した。ペスカトーレで。ほほえみながら女性が下がって一、二分後、足もとに巨大な魚影が迫り、やがてそれが人の姿になって、すばやく銛でイカを突き刺した。誇らしげに獲物を掲げたのは、まちがいなくホテルのフロントにいた、あの若者だった。

食後、ホテルに戻ると若者がおなじ姿勢で立っていた。

さっき、見ましたよ、あなたを、と私は言った。

ええ、私もあなたを見ました、と彼は応えた。髪が、少し濡れていた。パスタは、とてもおいしかった。

白と黒の地中海

ぜったい、ピレには行くべきですよ、とご婦人は繰り返した。ピレがギリシアの町だということは話の流れで理解できたのだが、その短い音節の単語がピレウスを指していることになぜか思い至らず、しばらく言葉が出てこなかった。固有名、とくに地名は、地球儀を回したり地図帳を開いたりする機会の多かった子ども時代に刷り込まれてしまっているので、異国で用いられている音と置き換えるのは案外むずかしい。極端な話、おなじ都市でも読み方が変わると、それはまったくべつものになる。

地中海を目指して南下しはじめた鈍行列車の、八人掛けのコンパートメントのなかで話しかけてきた女性は、親しい友人が住んでいるその港町で、毎夏、いっしょに一週間ほど過ごすのだという。エーゲ海の島々を巡る船の便がたくさん出ているから賑やかだし、食べものもおいしいし、まったく退屈しない。「あなたはお若いようだからご存じないでしょうけど、Jamais le dimanche っていう有名な映画の舞台になったところですよ」。

　言われてようやく、ピレとピレウスが一致した。頭の音は変わらないのに、ピレの前についている定冠詞がフランス語で前置詞とくっついてオ・ピレと聞こえるせいか、なんだか「ぴれぴれおぴれ」と妙な音が頭のなかで響いて混乱を来していたのである。『ジャメ・ル・ディマンシュ』は『ネヴァー・オン・サンデー』、つまり『日曜はダメよ』の仏語タイトルだ。豊満なメリナ・メルクーリ演ずる娼婦のイリアと、監督であり後にメリナの夫になったジュールズ・ダッシン演ずる、ギリシア語がまったくできないギリシア悲劇愛好家のアメリカ人、その名もホーマー（ホメロス！）を中心に展開する悲喜劇。造船所の男たちといきなり海に飛び込む場面からはじまるあの映画を観たのは、もちろん、かつて隆盛を誇ったテレビ洋画劇場が最初だった。もしピレウスでお金に困ったら、私の友人を訪ねてみたらいいわ、連絡しておくから。彼女はそう言って鞄から手帖を取り出し、モノクロの映画のなかでしか知らないギリシアの、歴史的な港町に住む友人の名前と住所と電話番号をミシン目の頁に記して、「ぴれぴれおぴれ」と破ってくれた。こういう日本人が訪ねて行ったら助けてあげて、と書き添えて。

　行き先を決めていない旅だった。あと数時間走れば地中海に出るはずだった。しかし、このままギリシアに向かえば、白と黒の世界に閉じ込めておいた美しい海がいっせいに彩色されてしまう。悩んだ末に、私はギリシアではなくスペインのほうへ進路を取った。ピレウスに住んでいるという方には、そんな話が伝わっていたとしたら申し訳ありません、短い夢を見させていただきましたと書いて絵はがきを出した。投函したあとになって、例のご婦人の連絡先を教えてもらわなかったことに気づいた。

鳴き声の出る簡便な装置がお腹に仕込まれた、動物のぬいぐるみがある。ブタならブー、犬ならワンワンかキャンキャン、猫ならニャーかニャーオ、山羊ならメエー、牛ならモーという、なんの説明もいらない声が一種類ずつ入っているどこか粗雑なつくりの、安いビニールのにおいが染みついている夜店の売り物みたいなものだが、この手の玩具で動物の鳴き声を覚えた子どもは、ほとんど変形させることなくそれを再現する。動物園で本物を目にしても声は先に入力された音を宛がうのだ。先日も、バスで乗り合わせた男の子が、動物の鳴き声をひととおり披露して乗客を愉しませていた。

それに耳を傾けながら、二十代のとある冬の夜、フランスはブルターニュ地方のカンペールからブレストまで、一両編成の電車に乗ったときのことを思い出していた。一時間半弱の旅程の列車だったが、週末で気がゆるんでいたのか、いかついラグビー選手のような男たちが四人席に陣取って酒盛りをしていた。乗り込む前から飲んでいたらしく、始発なのに、狭い車内にはアルコールの臭いがもう濃く漂っていた。余計な注意をして逆にからまれるのを怖れてか、まわりの人間も見て見ぬふりをしている。正直なところ、あまり好ましい雰囲気ではなかった。

走り出して二十分ほどした頃だったろうか、酔っ払いのひとりが、さて、これからみなさんを、すばらしい移動動物園にご案内いたしましょう、と大声で話しはじめた。私の席からは背中側になって男の姿は見えず、車輪の音に負けない大きな声だけが届く。呂律がまわらず、言葉と言葉のつなぎが変なところで途切れて、最初はなにを言っているのかわからなかったのだが、やがて聞こえてきたのは、まぎれもない動物の鳴き声だった。

まあず、は。めう、し。で、ござい、ます。ムーオオオオ。これ、は、げんきな、めう、し。ムオォ。これ、は、さみしい、めう、し、で、ござい、ます。つぎ、は、つぎは、つぎ、で、ごあざい、ます。ヒーヒィーン、ヒーン、ブゴブゴ。これ、は、ウマで、ござい、ます。げんきな、うま、で、ゴザイマス。つかれた、ウマは、ヒヒン、ブホブホで、ございマス。

やりはじめたら止まらない。窓の外は真っ暗で景色を眺めることもできず、乗客は静かに目を閉じて休みをとるか、本でも読む以外にすることがなかった。しかし男の声は、五万五千人の観客の大歓声に負けない指示を出すラガーマンのように朗々としていて、どんなにべつのことを考えようとしても耳のなかに侵入してくる。しかも、その物真似がじつにうまいのだ。動物の鳴き声は、国によって、言語によって微妙に異なるはずなのに、かつて刷り込まれた特徴が鮮やかに再現されていく。

演目が進むにつれて、少しささくれ立った車内の空気がなごみはじめた。ひとつ終わるたびに笑い声が起きる。そうして、これ、は、俺の、バルバラ、の声。女友だちとの愁嘆場がとつぜん再現され、一同呆気にとられた瞬間、彼女も、め、うし、でございます、と男は明るく締めた。さらなる笑い声があがって、あたたかい拍手が湧いた。

「覚えてるかい、バルバラ／あの日ブレストはずっと雨だった」とジャック・プレヴェールは詩《うた》った。「きみは歩いてた、笑みを浮かべ／晴れやかに歓喜に満ちてびしょ濡れになって／雨のなかを」。男のバルバラは、果たして恋人だったのか、本物の雌牛だったのか。あの夜、たどり着いたブレストに雌牛の姿はなかったけれど、細かい雨が、街灯の下で舗道を黄色く濡らしていた。

《H》のないホテル

カルナックの巨石群のなかを食事もとらずに歩き回り、長距離バスの通る国道までようやくたどり着いたときには、もう完全に日が暮れていた。十一月末の寒い日で、夏場だけ賑わう街道沿いには、ホテルもレストランもスーパーも、なにひとつ開いていない。それはこのブルターニュ南部の玄関口となるオーレイからの道中、すでに確認済みの事項だったのだが、どこか一軒くらいは営業しているだろうと高を括っていたのだ。

もちろんこれは完全な見込みちがいで、私は観念して一時間に一本しかないバスを待った。天然自然のものではない大きな石碑を利用したバス停に三々五々集まって来たのは、みな近隣の町に住んでいる人々だった。

午後八時四十分発の最終バスは二十分遅れて現れ、私は無事、赤い布張りのシートに身を沈めることができた。窓の外はそれこそ漆黒の闇で、ヘッドライトに照らされた前方にじっと目を凝らすと、真っ白に塗られた月貸しのペンションが、海の近いことを告げている。けれどもそれ以外にまったく人の気配はなく、ときおり停留所で降りていく乗客の背中を見ているうち、私はいつのまにか意識を失ってしまった。

キブロンに到着したのは十時過ぎで、バスは港までかなり距離のあるらしい小さなロータリーに停まった。かすかに聞こえる潮騒の音を頼りに、私は下りの細い一本道を進んで行った。相当に疲れていたし、明朝、ベル・イルに向かうフェリーに乗るためにも、宿を確保して早く寝てしまいたい。

すると少し先に、《OTEL》という、Hの電球の壊れた看板が、ぼんやりと浮きあがって見えた。誰もいないフロントに入って二度、三度呼び鈴を鳴らすと、しばらくして、頭のはげあがった小柄な主人が顔を出した。私は一夜の宿を頼み、昼からなにも食べていないのだが、どこか食事のできる場所はないかと尋ねてみた。主人は呆れたように、いまのシーズン、まともに営業しているのはこのホテルのカフェだけで、船が出る前にしか開けないよと言う。

よほど情けない顔をしていたのだろうか、食事は諦めようと思ったその時、ついてきなさいと主人が手招きする。入り口の横手の、狭い通路を抜けると、そこは真っ暗なカフェの厨房だった。主人は店の明かりを灯し、サラミと田舎パンのタルティーヌと熱いエスプレッソをふたり分用意して、ちょうどお腹が空いていたと言いながら、遅い夕食に付き合ってくれた。防波堤に面した大きな窓からは、蒼白い光に染まった波しぶきが見える。なんだか船の中にいるようだった。

パンは固く、サラミも端がひからびていたけれど、あとにも先にも、これほど心のこもった夕食を味わったことはない。贅沢はいらない。必要なときに必要なものを、さりげなく出す。それが本当のカフェというものだ。

売ります、という手書きの紙がガラス窓に貼られていた。テーブルがふたつしかないテラス席の一方で、ベレー帽をかぶった赭ら顔の爺さんがゆったりと氷なしのペリエを飲んでいる。店内のカウンターにもひとり、ジャンパー姿のおじさんが身を乗り出すように店の主と話をしているのが見えた。営業はしているらしい。

その日、最後の列車に乗れば、昼近くまでいた交通の要衝の、大きな時計台のある屋根付きの駅に戻れるはずだったのだが、私はどうもその整然とした街並みを好きになれなかった。人に対するのとおなじように、街にも第一印象というものがある。食事をとろうとしてぶらついた中心地の舗道は小ぎれいなタイルで覆われ、建物も妙にてらてらして趣に乏しく、広場のブラッスリーで食した名物の豆料理も、業務用の缶詰であることがすぐわかるような味だった。腹ごなしに河岸沿いを歩いてみたものの、澱んだ空気とこちらの波長が合わず、気に入ればここで宿をという漠然とした予定を変更して、もっと小さな町へ移動することにした。

窓から見え隠れする清流となだらかな葡萄畑、古い石造りの家々、緑豊かな牧草地、線路沿いに咲き乱れる赤い罌粟の花。そんな景色をぼんやり愉しんでいたら、検札に来た車掌に、行き先がちがうと指摘された。切符に偽りはなかったのだが、乗るべき路線に乗っていなかったのだ。通常なら厳罰というところを、車掌は親切に応対し、あなたは運がいい、下りの電車があと一本ある、単線だから二時間後になるけれど、次の駅で降りて待っていればそれに乗れるはずだ、帰りの電車の車掌には、これを見せなさい。そう言って、メモ用紙に事の次第と自分の名前を書いてくれた。指示された駅で下車したのは、私ひとりだった。通勤通学ともヴァカンスとも無関係な、五月半ばの平日の夕刻。駅舎はなく、かわりに建っていたのがそのカフェ・ホテルだった。

ペリエの爺さんが軽くグラスをあげてこちらを見る。こんにちは、と返して中に入り、エスプレッソを頼んで隅のテーブルに腰を下ろす前に、レジの上の回転棚にあった、地元の名所紹介の絵はがきを全部買い占めた。といっても十枚ほどで、そのどれもが黄ばんで、四隅がわずかに反っている。そんなに買ってどこに送るのかね、とカウンターのおじさんが不思議そうに尋ねた。旅先の絵はがきは、誰かに送ろうと思って買うものではない。適当にまとめ買いをして、写真や絵のイメージに見合うような、未来の受け取り人を想像するのが楽しいのだ。送る相手が思いつかなければ、その日の出来事を書いて自分宛に送ればいい。無事に届けば最低限の日記になる。

そんなわけで、どこに送るのかは、次の電車が来るまでここでゆっくり考えます、と私は応えたのだった。すると店主が、おやおや、電車はもう来ないよ、と驚いた声をあげた。そんなはずはありません、車掌が教えてくれたんです、直筆のメモもあります。こんなときだけ車掌の威を借ろうとする自分が、いかにも哀れだった。店主の話によれば、その時刻の列車は季節によって運行が不規則に間引かれるので、車掌もときどきまちがえるのだという。隣のおじさんも深く賛同した。ともかく、来るか来ないか、その時間までここで過ごすことにして、私はテーブルに腰を下ろし、絵はがきを書いた。東京、パリ、大阪、トゥルーズ、マルセイユ、静岡、シェルブール。なんの脈絡もない都市の知り合いに向けて、報せる必要のない些事を書き連ねてはみたけれど、定刻になっても列車は現れなかった。正しいのは車掌ではなく、店主たちだったのだ。

で、どうするね、と店主が気の毒そうにこちらを見た。部屋はある、朝食付きだ。他に選択肢のあろうはずもなかった。案内された部屋には派手な花柄の壁紙が貼られていて、それがところどころ剝がれてめくれあがり、ベッドの横についているライトの電球が切れていた。四方八方にお湯が飛び散るシャワーも、窓の幅に足りないカーテンも、湿ったシーツも饐えた臭いのするベッドカバーも気にならないほど疲れていた。車輪の軋む音ひとつしない夜のなかで、私はぐっすり眠った。

翌朝、コーヒーの香るカフェに下りていくと、なぜか昨日カウンターの外にいて肘をついていたおじさんが嬉しそうに働いていた。宿泊客は私ひとりだったが、朝の列車に乗る客たちが数人、エスプレッソを飲みながらテーブルで新聞をひろげている。もう席はなかった。私は仕方なくカウンターで立ったまま食べた。そして、昨日のジャンパーのおじさんに、あなたは常連客だとばかり思ってました、と正直に告白した。そのとおり、客だったよ、昨日まではね。彼はガラス窓を指差して微笑んだ。あそこに、張り紙があったろう？　乞われて、居抜きで買ったんだ、店主は古くからの友人だ、ずっと前に話はついてたんだが、契約上は今日からが俺のものになる。

こうして、私が彼にとっての記念すべき宿泊客第一号になったわけだが、いくら小さなホテルだとはいえ、ひと晩寝ているあいだにオーナーが替わってしまうなんて、にわかに信じられないことだった。要するに、こちらはAからBへと身売りされたに等しいのだ。ただし、その夜の宿泊料を彼らがどのように分け合ったのか、いまだ謎のままである。

Ⅲ

もはや手遅れだった。部屋履きのまま踊り場に出たそのわずかな隙をついて、自動ロックのドアが閉じてしまったのだ。当時パリに借りていた部屋は二階にあって、入り口がらせん階段のある踊り場に面しており、手すりから身を乗り出せば、一階まで下りなくとも郵便受けの気配で配達が終わったかどうかを判断できた。だから私は、鍵を持たずにドアを全開にして手すりへダッシュし、階下に視線を投げてから勢いよくとって返すのを習慣にしていたのである。ドアが閉まるまでに必要な時間は、約十秒。ふだんはまったく問題ないのだが、一瞬の気の緩みで、自動ロックと呼ばれる常設の防御システムを崩し得ていた攻撃パターンに狂いが生じたのだった。

さてどうする。いちかばちか、恥を忍んでスリッパをぱたぱた鳴らしながら石畳の道を歩き、五、六分離れた通りで既製服の店を構えている大家のところへ行ってみたのだが、無情にもシャッターが下りていた。なにしろ土曜日の夕刻である。私は大家の自宅も電話番号も知らなかった。連絡はすべて、この店の事務所を経由していたからだ。

ちょうどその時、店舗が入っている建物の、階上のアパルトマンへ通じる扉の前に、勤め帰りらしい背広姿の男性が通りかかったので、この店のオーナーの居場所をご存知ですかと訊ねてみた。スリッパを履いた東洋人の出現に驚いたのだろう、なにがあったのですかと逆に訊き返してくれたのを幸い事情を説明すると、そいつはお気の毒ですね、うちで電話番号を調べてみましょうと親切にも自宅まで招き入れ、奥さんと電話帳を繰ってくれたのだが、大家の名は記載されていなかった。天を仰いだ私に、彼は言った。「部屋は何階？」「二階です」「二階？　もしかして、窓が開いてるなんてことはありませんか？」「開いてます」「なぜもっと早くそれを言ってくれなかったんです！　脚立を使えばよじ登れるかもしれない。乗りかかった船だ。さあ、すぐに行きましょう」。そんなわけでふたたびスリッパを鳴らしながらその親切な男性とアパルトマンに戻り、窓の下に脚立を置いて思いきり手を伸ばしてみたら、窓枠になんとか届くことがわかった。そこに手をかけて身体を少し浮かせ、助っ人に下から押し上げてもらうと、みごと窓から部屋に入ることができた。

今度はちゃんと鍵を持って靴を履き、通りに出て私は厚く礼を述べた。「おかげさまで救われました！　今晩のイタリアの鍵も機能するといいですね！」カテナッチョ。鉄壁の守備。僅差で勝負をものにするための、不動の方程式。一九九〇年六月、ワールドカップ・イタリア大会の緒戦にあたるイタリア対オーストリア戦の放送が、あと一時間で始まろうとしていたのだ。大会出場を果たせなかったフランスの人間がどこを応援するかといえば、やはりイタリアということになる。おやおや、あなたも応援ですかと笑みを浮かべた紳士に私は暗い顔を作って、じつは、観られないんです、買ったばかりのテレビが故障中で、と言ってみた。

もちろん「言ってみた」のは、多少の期待を込めてのことだ。彼は期待を裏切らなかった。「なんだ、それならうちで一緒に観ればいい」。奥さんはいい迷惑だったろう。ついさっき会ったばかりの間抜けな日本人が戻ってきて、夫とサッカーを観戦するというのだから。なりゆきからして食事もいただくことになり、私のお腹は大いに満たされたのだが、救い主は赤ワインを空けながらアッズーリに声援を、いや、いらだちと不満の声を投げつづけた。錠前が掛かりすぎて彼らの攻撃にはしなやかさがなく、ただ攻め込まれるばかりである。前半、アナウンサーの口から一番よく聞こえた選手の名は、DFのバレージだった。しかしこのまま行くのかと思われた後半残り十五分、途中交代で入ったFWの小男がすぐさま役目を果たして、イタリアを勝利に導いた。

この夜を、私は生涯忘れないだろう。見ず知らずの人間に対するやさしさ、自動ロックを破壊した怪人スキラーチの鬼気迫るプレー、そして奥さんが作ってくれたスパゲッティ・アッラ・カルボナーラによって。ベーコンとパルメザンチーズと卵黄がまったり溶け合い、炭の破片のような黒胡椒がかかった、炭焼き職人のスパゲッティ。それを食べていたのかどうなのか、「カルボナーリ」と言えば、十九世紀初めに南イタリアに擡頭し、ウィーン体制下にある祖国の自由と統一を求めて叛乱を起こした秘密結社の名称にもなる。

フランス政府の奨学金で遊ばせてもらった身としては、応援すべきチームは決まっているし、それが義務でもある。だがあの一夜の思い出ゆえに、アッズーリをたたえる秘密結社の一員として、私はこれからも心の中でイタリア国旗を振りつづけることになるだろう。

星三つ半のフットボール映画

まったく、一九七六年は映画好きの子どもにとって面倒な年だった。まだひとりで洋画を観に行けるほど成熟していなかったから、たいていは友人たちを誘って、電車で一時間ほどのところにある地方都市の駅前にひしめく封切り映画館へ出かけていたのだが、困ったことに五人集まれば五人とも観たい映画が違っていたのである。ませた兄貴がいてちょくちょく映画館めぐりをしていたAは『トリュフォーの思春期』がいいと主張し、上に高校生の姉がふたりいるBはなぜか再上映されていた『愛情物語』こそ僕らのバイブルだとうそぶき、池沢さとしの「サーキットの狼」に夢中だったCは『F1グランプリ　栄光の男たち』の看板の前から動こうとせず、怪獣物が大好きだったDはもう何度も観ているくせに『キングコング』に会いたいと叫んでいる。なんだかんだ議論したあげく、おおかたの流れがダークホース的な存在だった『カサンドラ・クロス』に傾きかけたとき、私がごねた。「やっぱり『サッカー小僧』が観たい！」

人前ではいっぱしの野球少年を演じていたけれど、当時の私は、東京12チャンネル系列の地方局で放映されていた「ダイヤモンドサッカー」に夢中だった。放映時間は地域によって微妙にずれていたはずだが、私の郷里では土曜日の午後六時半から「サッカーを愛する皆さん、ご機嫌いかがでしょうか」と、じつに落ち着きのあるアナウンサーの声ではじまり、岡野俊一郎の奥深い解説を得て、日本ではついぞ目にしたことのない完全に別世界の出来事を、食い入るように眺めていたものだ。周囲にサッカーをやっている人間なんていなかったし、私自身も実際のプレーとは無縁だったとはいえ、テレビ画面のなかで展開されているゲームの迫力と、巨大なスタジアムの観客席に陣取った人々の歌声に似た応援と白煙の圧倒的な量感に、完全にやられていたのである。

それはやはり毎週欠かさず観ていた、あの八木治郎のナレーションが入る「野生の王国」の記憶と不可分だった。「ダイヤモンドサッカー」のドラマは、東洋人の智を超えた、未知の、野生の、それもヨーロッパ文化の伝統を担った野生の王国としか言いようがなかったのである。試合会場に足を運ばず、まるで炭焼き小屋のような家でのテレビスポーツ観戦に私がいまだに固執しているのは、もしかしたらこの番組の影響なのかもしれない。クライフ、ミュラー、ベッケンバウアー。とりわけバウムクーヘンと区別のつかない——区別できないのは私だけだったろうか——ベッケンバウアーの名は、あらゆる人名のなかで最も輝かしいもののひとつだった。いずれにせよあの頃、現在ならばフットボールと言い換えるべきスポーツの歴史と現在を伝えてくれるのは、「ダイヤモンドサッカー」しかなかったのである。

ところがそこへ、驚くべき映画がスウェーデンからもたらされたのだ。しかも日本サッカー協会推薦である。友人から借りた「スクリーン」誌に、双葉十三郎による評が載っていた。

超人的な球さばきを見せる六歳の坊やヨハン《(ママ)》・ベルイマンがプロのサッカーチームに参加、たいへんな人気者となりチームを連戦連勝にみちびくが、結局は勉強がおろそかになっては困ると引退する。他愛ないメルヘンといってしまえばそれまでだが、ところどころに社会諷刺のホロにがさを加えているのがいい。

(『西洋シネマ大系　ぼくの採点表Ⅲ　1970年代』、トパーズプレス)

双葉氏の採点は白星三つに黒星一つ。末尾が「サッカーは児戯に等しきものなりや。

重大なる問題提起ですゾ」という一文で締められているが、評価はけっして低くはない。どうしてこれを観ないでいられよう。なによりタイトルが粋ではないか。弁天小僧ははるかに遠く、悪戯小僧や洟垂れ小僧といった言葉ですら古くさくなっているというのに、いまどきサッカー「小僧」と来たもんだ。そう声を荒らげてみなを説得しにかかったのだが、同時上映のもう一本が『激走！　５０００キロ』なんぞという作品だったことで彼らの態度はいっそう硬化し、溝は——あえて感性の溝と言おう——深まる一方だった。その結果、私は生まれて初めて、たったひとりで洋画のチケットを買い、金髪の少年がストリート・サッカーでプロ選手の股間抜きをしたり、スウェーデン代表に選ばれたり、脳振盪を起こしそうなほど強烈なヘディングを決めてみたり、そんな非現実的な場面にいちいち興奮し、また化け物のようなレーニンスタジアムや著名な選手と大画面で対峙することができて大いに満足だった。

ところで併映の『激走！　５０００キロ』を観てどんな感想を抱いたのか？　それはまた、べつの機会に譲りたい。

音声としてのサッカー（前篇）

二〇〇二年二月の夜、冬季オリンピックのスキー競技、複合とジャンプを気に掛けながら、セリエAのパルマ対ラツィオの試合を、テレビ音声受信が可能なウォークマンを介して、私は耳だけで追っていた。実況担当のアナウンサーと解説者の口からは、ディ・ヴァイオ、ミクー、ラムシといった名が滑らかに出てきていたし、声の調子からもパルマの攻撃がそれなりによいリズムを摑んでいることはある程度察せられた。後半四十分、ミクーにかわってひさしぶりにリーグ戦で中田英寿が登場したとき、私の耳は特定の選手の動きではなく、ピッチ上を移動するボールの軌跡を頭のなかで想像する作業に終始していたと思う。思う、とはまたずいぶん曖昧な言い方だが、正直に申せばこの原稿以外の仕事を片づけながらの聴覚観戦だったため、むしろスタジアム全体に響きわたる音の気配だけを受け止めていた、とするほうが正確かもしれない。

ところで、テレビ画面でヴァーチャルなスポーツ「観戦」を楽しむような人間にとって、音声のみのいわば「聴戦」も、日々を豊かにする大切な要素だ。いちばん世話になるのは、ＡＭラジオのプロ野球と相撲の実況、ごく稀に短波の競馬中継なのだが、これらは放送の歴史が長いぶん、語りの側にもそれなりのノウハウがあり、小を大と偽り、大をさらなる大と叫ぶやり方がしばしば過度に感じられても楽しむことができる。「打った！　三塁線！　フェアかファウルか？　ファウル、ファウルです！」という、テレビ画面ならどれほど動体視力の悪い者でもすぐにわかることを大袈裟に語る野球中継であれ、「さあ立った、ああっと、はたき込み、はたき込みで闘牙の勝ち」と一瞬の勝負を結果でしか報告できない相撲中継であれ、ラジオの文化的な重みと聴く側の慣れが、そのむなしさを心地よく補ってくれる。

十八歳から二十四歳までの六年間、私はテレビ受像機を所有していなかった。おかげでこの間のバラエティ番組の知識がすっかり抜け落ちていて、ナンシー関の本を読むたびに悔しさで頭をかきむしりたくなるのだが、ことスポーツに関しては、テレビ音声受信可能なごついラジカセでたいがいの中継を追っていたはずだ。それどころか、通常はテレビでも観ないような競技を、私は音声だけで数多く味わってきた。国内大会の決勝なら国営放送がかなりまじめに扱ってくれる時代だったので、バドミントン、ハンドボール、剣道、水球などの「音」に、必死で耳を傾けていたものである。室内競技の場合は、キュッキュッと鳴くシューズの音がひどく鮮明に聞こえてまるでアコースティック・ギターの演奏を聴いているようだったし、これもいちおうスポーツと解釈しておく将棋の中継なども、パチンと駒を打つ音とそれにつづく記録者の中性的な声、後にのしかかる重々しい沈黙が、将棋のわかるわからないを超えて私を魅了していた。

しかし思いがけない音を最も豊富に与えてくれるのは、やはりオリンピックである。サルトールのきわどいクリアを想像しつつ、ときどき切り替えていたジャンプのノーマルヒルでは、シャーッと滑降する音がした後ヒュイッと風を切る気配があり、その後ブービーブーと鳴る笛の音を背景に、「これも高い、深い前傾姿勢だ、どこまで来るか、来た、来た、これもK点を越えてきました」と実況が入るだけで、過去の競技の映像があらかじめ頭に入っていなければ、なにがどう展開されているのかまるでわからない。

同種の体験でいまでもよく覚えているのは、清風高校コンビと称された若者が登場した夏季オリンピックの、体操男子団体決勝の模様だ。中国と激しい三位争いを繰り広げていた日本チームの順位が、床運動と鞍馬で決まるという緊迫した数十分。そのとき私が周波数を合わせていたのはAM放送で、半端な時間の生中継だったからか、テレビ音声がそのまま流用されていた。跳馬などはどれもダッダッダッダッダッと走る音がして、バンと踏み切り台を蹴り、ドンと着地音がするだけで、あとから「ベーレントですね、前転とび一回ひねり前方かかえ込み宙返り、難度の高い技です」と解説が入ってもただすごいらしいとしかわからず、それは床でもおなじだったが、鞍馬に至ってはバーを握る手のバタバタいう音といっしょに、「開脚旋回から側転移動、いいですよ、よく脚が上がっています、さあここからです、倒立から、振り下ろして、ひねり逆交差入れ、決まりました！」という声があるばかり。記憶に残されたのは、軽やかな身体とは正反対の、堅苦しく複雑な専門用語だけだった。

ところで、そうした法律用語めいた技の名を持たない場当たり的なサッカーのラジオ中継には、いったいどんな快楽が潜んでいるのだろうか？

音声としてのサッカー（中篇）

六月のある晴れた日曜日の午後、釣りやピクニックに行く代わりに、あるいは公園の長椅子でひなたぼっこをしたり海辺で一日を過ごす代わりに、オ・ド・セーヌ県のコロンブにあるイヴ・デュ・マノワール・スタジアムに人々が続々と集まって来る。フランス対ドイツ戦のためにかけつけた六万人の大観衆。三週間後にワールドカップ・オーストラリア大会を控えたシーズン最後の国際親善試合、本大会での成績を占う大事な一戦が、いままさに始まろうとしている。フランスの先発メンバーは、マルタン、バラッキオ、モルグ、ルフェーブル、カリナウスキー、ガイヤール、ミシェル、グルー、モルチエ、キリシ、フェランの十一人。ジョヴァンニの負傷でモルチエがトップに入り、モルチエの穴をミシェルが埋め、サイドバックがモヴェからルフェーブルに代わったこの布陣は、勝利への確信をわずかに揺るがすものだ。

満員のスタンドの九割以上がフランスのサポーターで、ドイツのサポーターはほんの一部なのに、羽根のついた緑の帽子をかぶり、革の服を着て、十人から四十人単位で散らばっている彼らは逆によく目につく。主審はイギリス人のハミルトン。白の開襟シャツ、黒のスポーツジャケット、膝下まである黒のパンツ、白のハイソックスに白いシューズというでたちだ。両チームのメンバーが中央に整列すると、まずはドイツ国歌が、それからフランス国歌が流れる。実況担当者は語る。

「ご存知のとおり、スポーツの試合におきましては観客もまた重要です。試合はピッチ上だけでなく、その周りすべてでおこなわれるのであります。選手たちは、敵も味方も、試合の流れによって互いに結ばれているばかりか、彼らを励まし、やじり、選手たちに望んでいるもの、ぜひともしてほしいものを得たり得なかったりする大観衆とも、磁力で引き合うように結びついているのです……」

前半、フランスは実況席から見て右側、ドイツが左側で、フランスは弱い西風を受ける。ボールが投げ入れられ、主審がそれを拾う。ユニフォームはフランスが赤と金のシャツに白いパンツ、ドイツが黒のパンツに青と緑のシャツ、フランスのキーパー、マルタンは上から下まで青、ドイツのキーパー、ワッセルマンは緑一色で、両者とも膝と臑にプロテクター、グローヴ、帽子を身につけ、ゴールの枠内で脚を揃えて跳ねている。両チームが配置につくと、主審がホイッスルを口にくわえ、袖をまくって腕時計を見る。期待と緊張がいやがうえにも高まって、試合開始だ。モルチエからグルーへ、グルーからミシェルへ、またグルーへ、そしてモルチエへ渡って、ボールはアッケルマンに奪われる。ロングボールで一挙に敵陣へ、左サイドのクロマーからベンツに運ばれてシュートまで持ち込まれる……。

以上はもちろん、架空の対戦である。そもそもサッカーのワールドカップがオーストラリアで開かれたことなどありはしないし、選手の名前も虚構だ。私の創作ではない。ジャン・チボードーというフランスの前衛小説家が、一九六〇年の七月から九月にかけて執筆したラジオドラマの脚本の冒頭部分を、いくらかはしょって要約したものである。ドラマは翌年十一月、当時の国営ラジオ、フランスⅢで放送され、テキストそのものは、さらにその翌年と翌々年、文芸誌「テル・ケル」に、「あるサッカー国際試合のルポルタージュ」として発表された。スタジアムの熱狂的な応援、歓声、叫び、そして沈黙が、イタリック体のト書きで記され、それらが複数の実況担当者──なかにはイギリスやドイツ、イタリア人もいる──の声と重なって試合の経過を刻々と伝えていくこの作品は、「音声」でしかないサッカーの究極の形のひとつだ。事情を知らずにラジオを聴いている人々が、最初から最後まで本物の試合だと勘ちがいしうるような臨場感を出すために、実況担当者は審判の服装からはじめて、選手のユニフォームの色、パスやシュートのひとつひとつを細かく伝えていく。ラジオの基本原則に依拠した言葉の運用が、受信機の向こうで耳を傾けている者の耳のなかで、試合をパノラマ的に展開してくれる。

このドラマの雰囲気や字面の感触は、『序曲』や『夜を想像せよ』といったチボードー自身の、いくつもの断章がならんでゆるやかな流れを生み出している小説（いずれも荒木亨訳、一九七一年、新潮社刊）のそれをただちに連想させるのだが、言葉だけで描いたサッカーの試合をラジオで演出し、もう一度言葉に戻す屈折を楽しむことができれば、小説と脚本の比較分析など必要ないだろう。問題は、この試合の結末である。はたして、どちらが勝利を収めるのか。次号、乞うご期待。

音声としてのサッカー（後篇）

六万の大観衆を前に展開されているフランス対ドイツ戦の実況中継は、この試合だけのためにラジオにかじりついている人たちばかりでなく、少し古くさい言葉を使えば、「ながら族」的な聴き方を楽しんでいる人々の耳にも届く。スタジアムで歓声を上げている、つまり現場に足を運んで歴史的瞬間をこの目で見届けようとしている観客だけがフットボールという空間を創り出すわけではないのだ。

たとえばいま、パリ近郊シュヴルーズの谷の細くくねった道を、ツール・ド・フランスの先頭集団が抜けて来ようとしている。それを一目見ようと集まった群衆の中にマルタン一家がいて、彼らは自転車競技の怪物たちが駆け抜けて来るのをいまかいまかと待ち構えながら、一方でトランジスター・ラジオ片手にフットボールの試合を追っている。それを今度は女性アナウンサーが逆に現場から実況し、フットボールの放送そのものに割り込むことによって聴覚の層がひとつ加えられ、読者はピッチを移動するボールと谷間を走るサイクリストたちの動向を同時に受け入れなければならない。時は一九六〇年代、フランスの人気スポーツといえば、フットボールかツール・ド・フランスに二分されていた時代の物語である。

マルタン家の九歳になる少年オリヴィエの耳にも、コロンブでの試合の模様がとぎれとぎれに聞こえてくる。ゲーリング、フランツ、ワグナーと渡ったボールが前線のアンカーマンに送られ、アンカーマンが右手のベンツに、それからさらに右前方のクロマーに……。すると少年が叫ぶ。「ほら、来たよ、ママ、来たよ！」ここで女性アナウンサーの声がふたたびかぶさって、次々に走り去っていく選手たちの動きを伝え、それにまたスタジアムの動向が絡み、落伍者が出た自転車競技の現場にはチュドールという銘柄のチョコレートの宣伝カーがやって来てオリヴィエ少年に板チョコと紙の帽子をプレゼントした、というところで何度目かの切り替えがなされ、その瞬間、アンカーマンがシュート！　先取点がドイツに入る。

予想どおり、この先もスタジアムとその外からの報告が交互に組み入れられていくのだが、静かな田舎家で日曜日を過ごしている一家の耳に、小川のせせらぎに混じって、少し離れたところに住む隣人たちが聴いているラジオの音が聞こえる、といった場面転換のあいだに、「両チーム、いまだ同点のままです」と実況が入り、アナウンサーはどういう展開でフランスが得点したのかを明らかにしないまま時間を飛ばして同点を告げる。すると思う間もなくフランスのフェランがゴールを決めて二対一とリードし、英、伊、独語の放送が乱れて実況の現場は錯綜を極め、結局終了間際にドイツが得点し、前半は二対二のまま終了する。

ところがジャン・チボードーはやはり実験的な作家であって、一筋縄ではいかない。ハーフタイムになんとチボードー自身が登場し、たったいま放送された試合が彼の「創作」であることを明かしたうえで、スポーツ中継と芝居の関連性などについて女性アナウンサーからのインタビューに応じるのだ。しかもそのインタビューじたいがチボードーの創作なのである。興味深いことに、舞台裏の公開、より正確には舞台裏の公開を装うという創作の舞台裏が披露されてもなお、読者はこの偽りの「試合」の行方に引きつけられてしまう。

後半六分、フランスがコーナーキックから得点して三対二。そこへ海難のニュースやどこかの自動車レースの中継が入るなどして混沌としてきたところでドイツが加点して三対三。さあどうなるか。残り時間はあとわずかだ。十五分ハーフの延長戦に突入する可能性が高まってきました、とアナウンサーの声が入ってからは憶測や推測を表現する時制が多用され、もしかすると試合結果は曖昧に隠されるのかもしれないと読者＝聴取者を不安に陥れてから、いきなりフランスの勝利が宣言される。四対三。緊迫感に乏しいスコアではあれ、歴史的な勝利はフランスにもたらされたのだった。

だが、はじめてこのテキストを読んだとき、スポーツ中継における聴取の問題と映像のない音声による想像力を小説に持ち込んだチボードーの試みの斬新さを面白く感じはしたものの、なにか物足りなさが残った。そう、ここには試合運びを遅らせてまである特定のプレーの細部を輝かせ、時間を停滞させる意志が欠けているのだ。そして、この時間の停滞こそ、「音声としてのサッカー」からこぼれ落ちてしまう最大の要素ではないのか。逆に言えば、実際の試合で、ピッチの上で時間を停滞させうる選手こそが本物ではないのか。二〇〇二年三月二十七日、スタッド・ド・フランスでスコットランド相手にそれをやすやすとなしとげたジダンのように。

芝生の上の聖人伝

二〇〇二年四月二十三日、バルセロナで十万人近い観衆を集めて開催されたチャンピオンズ・リーグ準決勝、ホーム&アウェーの第一戦、序盤の組み立てに苦しんでいたレアル・マドリードは、五十五分、ラウールからのロングパスを受けたジネディーヌ・ジダンの、いつもどおり完璧にコントロールされたトラップのあとの、間髪を容れぬ、しかし落ち着き払った芸術的なロビングシュートで突破口を開いた。結果は二対〇。五月一日、ホームでのジダンは後半早々、肋骨を痛めて退いたが、チームはラウールのゴールを活かし、一対一の引き分けで逃げ切った。ユヴェントス時代、一九九七年（対ドルトムント）、一九九八年（対レアル）と二年つづけてチャンピオンズ・リーグ決勝で敗れているジダンにとって、今度が三度目の挑戦になる。悪夢を振り払うことができるかどうか、フランスのフットボール・ファンの関心は、そこに集中しそうだ。

ところで先日、『ジネディーヌ・ジダン、夢のごとく』と題された二枚組ＤＶＤ*が発売された。ピッチ全体の動きを薄い金色の瞳で一瞬にして読み取り、四肢に最良、最短の指令を発して、確実にゴールを奪う芝生の上の聖人伝。私は迷わずこの二枚合わせて三時間半の映像を買い求め、大いに楽しませてもらった。十六歳からはじまるプロ選手としての来歴、自身が選ぶベストゴール、足裏でボールを愛撫しながら敵を左右に翻弄するあのフェイントや壁の頭すれすれを狙う成功率の高いフリーキック、得意ではないと言いながら踊るようなタイミングで決定機を逃さないヘディング、技術を上回る意志の力で打ち抜くペナルティキックなどの自己解説、さらにこれまで一度も公の場では語ったことのない妻へのインタビュー。参照される映像の重複も、それ自体が美しければ気にもならない。

ジダンの記憶に残るベストゴール、というより彼の人生において最も重要ないくつかのゴールを紹介する章がことにすばらしい。筆頭に掲げられているのは、カンヌ時代、一九九一年二月十日、対ナント戦でのプロ初ゴールだ。右サイドからのパスを右足のアウトサイドで調整しながら中央に切れ込み、飛び出したキーパーの頭越しに送り込んだロブ。まだ体つきが少年の域を抜け出していない十八歳のジダンには、真っ黒な髪がふさふさと生えており、現在の悟りきった穏やかな表情からは遠い日の姿がそこにある。しかし、フランスの一部リーグで記録した最初のゴールが、こぼれ球の押し込みでもセットプレーからのヘッドでもなく、かなり距離をおいての落ち着き払ったロブだったことに、私は軽い衝撃を受けた。ジダンは、ゴールに持っていくまでのボールコントロールの重要さを繰り返し語っている。それさえうまくいけばあとはなんとでもなるというその発言の根拠が、すでにこの時のプレーで示されているのだ。利き足でボールの高さを適度に保ちながら前進していく上体のバランスは、もうこの段階でほぼ完成されている。

二番目に挙げられているのは、何度観ても溜息しか出ない伝説のゴールだ。一九九五年十二月六日、当時ボルドーに所属していたジダンが、レアル・ベティス（画面上ではベティス・セビージャ）と相対したUEFAカップで記録した、四〇メートルはあろうかというあのドライヴシュートである。味方キーパーによってハーフウェイラインまで大きく蹴り出されたボールが敵の頭に当たり、ジダンの上にふわりと落ちてきた。「その時キーパーが前に出てくるのを見たような気がした」。ジダンはワンバウンドさせただけで思い切り「左足」を振り抜いた。利き足でないほうが反応したのは不思議だと自分で口にするほどの素早さで、ボールはキャプテン翼だけが持つ架空の弾道を現実のものにしてしまったのである。急降下したボールは数メートル前に出過ぎていたキーパーが後退しながら伸ばした指先の、そのほんのわずか先をかすめて、ネットに突き刺さった。

まだまだある。ユヴェントスのメンバーとして闘った一九九七年四月二十三日の対アヤックス戦、フランス代表として闘った同年六月十一日の対イタリア戦、一九九八年二月二十五日の対ノルウェー戦。誰からパスを受け、誰を抜き、どのようにボールを捌いて、どちらの足で撃ったのかを、ジダンは克明に記憶している。それを南フランス訛りの愛らしいフランス語で——ロデーズ出身の奥さんもおなじアクセントだ——、文末の大半に「ってことさ」を挿入する庶民的な言葉で語ってくれるのだから、やはりこのDVDはある程度フランス語を勉強したうえで、ジダンの「言語」にも耳を傾けるべきものだと思う。しかし、とりあえずいまは、二〇〇二年ワールドカップでの活躍によって、彼のベストゴール集に新しい一頁が付け加えられることを祈りたい。

＊ このDVDは、『ジダン THE HISTORY 栄光の足跡〔1972-2002〕』と題されて日本でも発売された（二〇〇四年、ポニーキャニオン）。

2＋2よりも大切なこと

まさか『サッカー小僧』と再会できるとは夢にも思わなかった。一九七六年の日本公開時に劇場で観て以来、二十六年ぶりである。しかもそのきっかけが某サッカー専門誌に寄せた拙文にあったと聞かされては、さすがにある種の感慨を禁じ得ない。

当時の私は、いったいなにを見ていたのだろう。スウェーデン代表FWとして活躍している男が、恋人の住む団地前の公園で遊んでいたフィンペン（ちび）というあだ名の少年ヨーハンに股間抜きをやられて呆然とする冒頭のシーンをはじめ、繰り広げられるプレーのひとつひとつはかなり鮮明に覚えていたものの、ストックホルム郊外のくすんだ光景や家族の妙に醒めた態度などはほとんど記憶になかった。

今回見直して気づかされたのは、ヨーハンに対するカメラの視線が過度にやさしくはなく、ときに突き放した感じを生み出しているということだ。北欧独特の抑えた色遣いがそんな印象をもたらしたとも言えるのだが、むしろプロデューサーが『ロッタ

ちゃん　はじめてのおつかい』や『マイライフ・アズ・ア・ドッグ』のワルデマル・ベルゲンダールだったことのほうに影響の大きさを見るべきかもしれない。ユニフォームからなにからサイズはすべて大人の半分以下で、遠征時には寝る前に絵本を読んでもらい、試合中にシューズの紐がほどけても自分で結ぶことができないまったくの「小僧」なのに、節目の決断はつねにひとりで下しているのだ。

代表チーム入りを電話で打診してきた監督と直接話して承諾したのも、審判のミスに文句をつけてイエローカードを頂戴したのも、「サッカーのことはよくわからないけれど、左サイドは運動量が多すぎるからポジションをセンターに変えたらどうか」という担任教師の意見を、「変な感じがするからセンターはできない」と突っぱねたのも、テレビカメラの前で勉強のために代表を退くと宣言したのも、そしてワールドカップ出場がかかったロシア戦を最後に引退する旨を監督に電話で伝えたのも、すべて彼自身の意志だったではないか。

あのままプロとして活躍していれば、ヨーハンは文字どおり国民的スターに成長し、欧州のトップチームに引き抜かれて巨万の富と栄光を勝ち得ただろう。しかし彼は、わずか数試合の経験で、その裏にひそむ空しさを理解したのである。眠らずに授業を受けられるようになったヨーハンが、算数の授業で2＋2を5と答えて仲間の失笑を買ったとき、「間違えてもいいのよ、２＋２は４ですが、もっと大切なこともあるのよ」と先生はみんなに語りかける。学びたいという意欲のほうが正解することよりも大切だという教育的な意味においてばかりではなく、２＋２が４にならない世界こそサッカーだという意味において、この言葉はじつに深い。

ＪＰＰの「記憶」

つい先ごろ読んだ小島信夫と保坂和志の往復書簡『小説修業』（朝日新聞社）の、後者から前者への手紙のなかに、「〈記憶〉とは辞書の項目のように誰が調べても同じという性質のものではなくて、響きあう人にだけ現われる。つまり人間は、「記憶を持っている」のではなくて、「記憶を渡り歩いている」」のだ、との一節があった。もちろんしっかりした文脈があっての発言だから、ここだけ抜き出して色づけするのは好ましくないのだが、強く印象に残ったのは前半で、というのも、このところ私は、もしかすると調べれば出てくるはずの「記録」ですら、「響きあう人にだけ」存在するのではないかと思うようになったからである。むずかしい話ではない。記録とは、ただたんに、過去の天気やスポーツの試合の結果、あるいは放映されたテレビ番組などの、いまの時代ならインターネットで容易に「検索」できる程度の事実を意味する。ところが私の場合、その記録の前後の事象の連なり方が人と異なっていて、いつのまにか「記憶」に靄がかかり、「記録」も消滅してしまうらしいのだ。

たとえば今年（二〇〇一年）の夏、ジャン＝ポール・ベルモンドがコルシカ島の保養地で倒れ、脳血栓で重態に陥ったとのニュースを新聞の小さな囲み記事で目にしたとき、私はだしぬけにジャン＝ピエール・パパンを思い出して困惑した。なぜベルモンドとパパンがつながるのだろう、ジャン＝ポールとジャン＝ピエールを混同する記憶の掛けちがいがあったのだろうかとしばらく頭を抱えていたのだが、今度は不意に、やはりジャン＝ピエールの名を持つジャン＝ピエール・フーコーという高島忠夫を太らせたようなフランスの民放テレビ局ＴＦ１のキャスターの顔が浮かび、そこでようやくまぎらわしい三つの名前が響き合って、フランスが一九九二年の欧州選手権への出場権獲得を確実にした対チェコスロバキア戦の夜にたどり着いたのである。

ジャン＝ピエール・フーコーの番組は水曜日の夜の名物だったから、たぶんその日も水曜日だったのだろう。試合の放映時間を調べるために買ってきた夕刊紙にはフランク・キャプラの死が報じられていたはずで、私はああフランク・キャプラが死んでしまったと涙しつつ、てっきり午後七時からだと思っていた試合開始が六時半であることに土壇場で気づき、あわててＴＦ１にテレビのチャンネルを合わせた。はっきりしているのは、前半に先制されたフランスが後半に追いつき、その同点ゴールを突き刺したのが、当時ゲータレードのコマーシャルに出ていたジャン＝ピエール・パパンだったことだ。ゴールポスト右手四十五度に背後から蹴り出されたロングパスを振り向きもせず動物的な勘だけで追い、けっして遅くはないそのボールが肩口から手前に落ちかかる瞬間、ノートラップで捉えてゴールネットの左隅を揺らしたそのプレーは、一九八七年からACミランに移籍する九二年まで、五年連続フランス・リーグ得点王となったパパンの名から派生した、《パピナード》と呼ばれるあの華麗なシュートの、めざましい成功例のひとつだった。パパンはたしか終了間際にも、オフサイドぎりぎりの絶妙のパスを受けてキーパーとの一対一をものにして決勝点をあげたはずだ、と私の「記録」をめぐる「記憶」はつぶやく。

しかし、じつのところ、この「記憶」は補強されたものかもしれないのである。試合終了後、二時間ほどしてふたたびTF1をつけると、ジャン＝ピエール・フーコーの隣にゲストのジャン＝ポール・ベルモンドが座っていた。いい爺さんになってはいたものの、気さくでちょっと不良っぽい感じは『勝手にしやがれ』の頃となにひとつ変わっていない。この生番組には、メインゲストに関わりのある人たちを、当人にも明かさず極秘裏に呼び寄せ、進行中にいろんなヒントを与えながらそれが誰なのか気をもたせておいて、最後にスタジオで対面させるという演出があり、その晩の引き立て役はクロード・ブラッスールだった。

フランスを代表するこのふたりの役者は、父親同士が親友で、彼ら自身もいわゆる竹馬の友である。しかもベルモンドのはまり役、シラノ・ド・ベルジュラックは、舞台俳優だったブラッスールの父親が十八番にしていたもので、ベルモンドがそれを引き継いでくれたことを、ブラッスールは「きわめて感動的だ」と述べていた。ブラッスールが登場したのは十時半過ぎだったが、楽屋には七時前から詰めていたという。そんなに早く来てなにをしてたんですかと司会者に問われたブラッスールは、フランス対チェコの試合を観戦していたと告白して、こうつづけた。「パパンが二点目をたたき出したときは思わず叫びそうになったけど、必死で我慢したんだよ。隣の楽屋にジャン＝ポールが入っているのを知っていたから、声で正体がバレたらまずいと思ってね」。するとベルモンドは胸を張ってこう応じたのである。「なんだよ、馬鹿な奴だな。叫んでも大丈夫だったのに。だって、俺も観てたからさ」。

この国の楽屋では、台本を読んだりするよりも、フットボールの試合を観るほうが大切なのだ。生番組なのに、いや生番組だからこそ、国の威信をかけた大事な試合の実況中継に釘づけになったと述べて、ブラッスールはフランク・キャプラでもこうはいくまいというほどの臨場感を出してくれたのである。同点ゴールが鮮烈に過ぎたためか、脳裏からはパパンの決勝ゴールの細部が完全に抜け落ちている。ベルモンドとブラッスールの、映画さながらに余裕ある会話に感激するあまり、私はフランスがパパンの力でチェコに「二対一」で競り勝ったという事実をただの「記録」に貶め、「記憶」から消してしまったのだろう。

その後のパパンは生彩を欠いた。ACミランのあとはバイエルン・ミュンヘン、そのあとはボルドーに移って、たしか二部のチームにまで落ちたはずだ。ワールドカップ・アメリカ大会出場の夢も、予選最終戦のロスタイムの失点であえなく潰え、パパンはいちばん脂の乗った時期に世界的な活躍をしそこねたままユニフォームを脱いだ。ブラッスールもベルモンドも、エメ・ジャケの若返り構想がフットボールのみならず映画にも適用されたかのごとく急激に老け込み、後頭部に目があるとしか思えない奇跡のボレー一発で局面を打開するストライカー《JPP》に回せばなんとかしてくれるという、華やかだが一本調子で、しかもガラスの脆さを備えたフランスの時代は終焉を迎えたのである。

現在のフランスは、若手育成のシステムを完璧に生かして、先のU-17決勝で示されたとおり、若年層から圧倒的な組織力とそれを阻害しない個人技をもった選手を豊富に取り揃え、次々と「記録」を打ち立てる隙のない王者に成長した。ジダンのような聖者ばかりでなく点取り屋も着実に仕事をするし、移民政策や失業問題の行き詰まりに乗じた右翼擡頭の危機を乗り越えての、《仲間》意識によるチーム全体の結束も固い。しかし本当のことを言えば、私はいまのフランスの、常勝による「記憶」の劣化を怖れ、響き合うなにかの欠如を案じている。「記録」のあとに「記憶」が来るのではなく、「記憶」を渡り歩いたあとに「記録」がよみがえってくる、もしくは「記録」を埋めたまま「記憶」の糸が厚みのある連繋を見せる、そういう瞬間を将来的に保証してくれるプレーが生起したときにはじめて、私は真のフランスの強さを実感するにちがいない。

一瞬の陶酔

今年（二〇〇二年）の正月、例年どおり現場に出向かないテレビ画面のみの、なまぐさなスポーツ観戦を楽しんでいた私にひときわ印象深かったのは、全国高校サッカー選手権である。プレーの質の高さではなく、日韓ワールドカップ開催を意識してだろう、大会のキャッチフレーズからふだんは選手のほうが気恥ずかしくなるような語句が消えて、「世界」を目指そうなどという、数年前には想像もできなかった言葉が掲げられていたのだ。

サッカーをめぐる日本語の言説は、この数年で一挙に多様化し、進化している。単行本レベルでも、書店の棚の一段や二段たやすく埋まってしまいそうな勢いだ。しかしその多くに欠落しているのは、試合結果の分析や個々の選手の物語ではなく、サッカーの「世界」を視野に入れた幅広い思考である。

その欠落を埋める幸福な例外のひとつに、今福龍太『フットボールの新世紀』（廣済堂出版、二〇〇一年）がある。サッカーと呼ばずにフットボールで通すところにまず「世界」への意識が見られるのだが、この競技の特質がプレーの「現在」に向けられた「愛」にあるとの視点はやはり重要だろう。「いま」この瞬間のプレーにすべてをかけ、過去も未来もないコンマ何秒かの身体の反応、二度と再現できないその一瞬の陶酔に、選手たちは才能と努力のいっさいを、そして彼らが経てきた時間の富を傾注するのだ。

この観点に立てば、当然ながら勝敗はサッカーの本質と関係がないことになる。選手たちは、さらに観客たちは、二次的な意味しかない結果を突きつける試合終了の訪れを、できれば永遠に回避したいとさえ思う。流砂のように変化する紋様を、ピッチの上でいつまでも描いていたいと願う。勝つための、「負けない」ための戦術の選択、純真な子どもだけに備わった遊戯性の抑圧、個の発現を阻害する集団の論理や政治的思惑、あるいは金銭の介入は徹底的に阻止したい。じつは、こうした視点が、最近では増えてきている。季刊「サッカー批評」（第一三号、双葉社）は、「ファンタジーの正義」と銘打って、ペレやマラドーナへのインタビューを紹介しながら、個性の意義を問い直そうとしている。十代半ばの選手たちの眼が「世界」を見据えていくためにも、突出した個性への理解が不可欠だからである。

しかし個性の乱舞する「いま」の快楽への没入は、スポーツ全般に求められる要素である。たしかに階級や出自や国籍を超えて人を動かし、同時に途方もない金銭を動かすサッカーの規模は「世界」的だが、必要条件としての「愛」と「快楽」は、サッカーだけにとどまらないはずだ。忠鉢信一が『進化する日本サッカー』（集英社新書、二〇〇一年）で示してくれたとおり、才能と個性の開花の裏には、慣習を打ち破ってきた育成システムの充実がある。日本代表がワールドカップに出場したり海外で活躍したりする背景には、三十年間にわたる選手や指導者の強化があったのだ。「愛」に報いるためにこそ、個性は、それらの時間が自身の内部で成熟するのを待たなければならないのである。

ところで、「いま」を楽しめばそれでよしとする姿勢は、近年の文学にも見受けられる。だが、言葉の地固めを蔑ろにしたまま見映えのいいファンタジスタの誕生を待ち望むのは、少々虫がよすぎるのではないか。熟成された身体をも超越する「愛」の出現は、基本という犠牲を伴うのである。サッカーは、いや、フットボールは、そんなことも私に教えてくれる。

盛者必衰のことわり

二〇〇二年六月十一日火曜日の朝、パリを東西に貫くメトロの一番線に乗って、私は市庁舎のあるオテル・ド・ヴィルに向かった。言うまでもなくワールドカップで窮地に追い込まれたフランスを応援するためだが、これまでの二試合がいずれも午後一時半という、一般人でも比較的行動しやすい時間帯にはじまっていたのに対し、今回は午前八時半、会社勤めの人間には厳しいスケジュールだ。自宅でのテレビ観戦に集中する者が多かったのだろう、メトロの乗客はとても通勤時間とは思われないほどまばらで、しかもその大半が若者たちである。みないっせいにおなじホームに降り立って、広場に通じる階段を駆け足でのぼっていく。

朝七時のテレビニュースの中継では数えるほどしかいなかったサポーターが、おそらくは数百人、時計台の真正面の特等席に陣取っている。低い雲から細かい雨がぱらぱら落ちはじめたとき、子どもたちに付き添われて韓国は仁川スタジアムに入ってくる選手たちがスクリーンに大きく映し出され、ブルーではなく白いユニフォームのフランスチームのなかにジダンの顔が見えた瞬間、あたりは歓喜の声に包まれ、祝祭にも似た空気に満ちあふれた。「ジズゥ、ジズゥ」、「アレ・レ・ブルー、行け、フランス！」のシュプレヒコールが湧き起こり、その段階ではまだ、誰もがデンマークを二点差で下しての決勝トーナメント進出の奇蹟を信じているように見えた。

いや、誰もがというわけではない。わざわざ早起きして応援に来ておきながらこんなことを口にするのは矛盾しているかもしれないが、三月半ばからパリに滞在し、フランスチームの動きとそれを追うマスコミの様子を観察してきた者として、奇蹟の可能性はまずないだろうと感じていた。年齢からくる主力選手の衰えや、ロジェ・ルメールの采配の鈍さは問題ではない。前回のワールドカップと欧州選手権を制して以後、知名度の点でも収入の点でも、彼らはなにひとつ不服のない地位までのぼりつめ、目標を失ってしまったように見えたのだ。

ジダンは相変わらず聖人のような顔でフランス・テレコムの携帯電話「オランジュ」のCMに出演して湖水の上をドリブルで走り抜けるという奇蹟を起こし、そのオランジュと覇権を競い合っている携帯のひとつ「ブイグ」のCMに使われたリザラズは、取り巻きから離れるために声音を使ったり廊下の天井に隠れたりの芝居に興じ、さらに今大会の公式スポンサーにもなった携帯「SFR」のCMにはデサイー（仏語読みではドゥサイー）が出演して、あるときは着替え中のロッカールームで、あるときはミーティング中のピッチの上で電話をかけつづける達者な演戯を披露し、アディダスのCMではバルテズがプールに仰向けのまま潜って息を止め、トレゼゲが移動中のバスのなかで愛らしい憂い顔を見せる。ルブーフにいたっては、みずからの名前が刻まれた牛肉（ブフ）のCMで笑顔を振りまく始末だ。

もちろん、チーム全員がこうした課外活動をしているわけではない。しかし一部リーグのAJオセールから抜擢されたシセを除けば、この大会で自分を売り込もうという選手はひとりもいなかった。レアルでのチャンピオンズ・リーグ優勝の戦果を掲げていよいよ不可侵の聖域に入ったジダンと、自伝『主将』の刊行を機に書評番組にまで顔を出したデサイーを中心とした《レ・ブルー》の顔は、その華やかな外見とは裏腹に、ことのほかうまく運んだ前回の夏祭りをそっくりそのまま反復しようとする無策な青年団のそれに似ていた。

広場で最大のブーイングを浴びたのは、パスミスを繰り返す能天気なデュガリーと、檀家のない住職のように不安げな監督のルメール、そしてハーフタイムのCMで公式応援歌をロック調で歌っていたジョニー・ハリデーだった。前半に先制された段階で夢はなかば潰え、二点目が入ったところで発煙筒が数本火を噴いた。試合終了のホイッスルは聞こえなかった。泣いている女性もわずかにいたようだが、いつのまにか広場を埋め尽くしていた群衆の大半は上質の喜劇を堪能したあとの笑みさえ浮かべ、混乱もなくその場を立ち去ったのである。事態を悲しんだのはむしろ、独占放映権を買い取ったＴＦ１のほうだろう。開幕戦でセネガルに敗れて以来、同局の株価は一〇・六二パーセント下落したのだから。

技の美しさこそ本質

二〇〇四年、アテネ五輪も大詰めとなった日本時間の八月二十九日夕刻、私は女子ハンドボール決勝、韓国対デンマークの一戦を夢中になってテレビ観戦していた。ハンドボールの国際試合を生中継で楽しめる機会はほとんどない。年に一度、全日本選手権の優勝決定戦が放映されるかされないかの状況だから、世間ではマイナーな球技に考えられているのだろう。しかし、この試合を見逃すわけにいかなかった。

ロサンゼルス五輪からアトランタ五輪まで連続してメダルを獲得している韓国は、準々決勝でブラジルを、準決勝ではフランスを破って決勝進出を果たし、久々の優勝を狙っていた。かたやデンマークは五輪三連覇を狙う強豪で、これはもう溜息の出るような黄金カードである。力と高さと正確さのデンマークに、鋭い切り込みと舞踏にも似た華麗なポストプレーで立ち向かう韓国。総合力は五分と五分、時間内に決着がつかず延長戦に突入したが、これも同点となって、とうとう第二延長にもつれこんだ。

コートで展開される彼女たちの動き、反応の、なんという美しさ。魚群が一瞬にして向きを変えながら、なおかつ一匹一匹の動きの個性を殺さない驚くべき運動体がそこにはあった。勝ち負けはどうでもいい。この躍動する身体をずっと眺めていたい。なかば陶然としているうち再度の延長も残り時間わずかとなって、このまま行けばフットボールのＰＫにあたる七メートルスローの撃ち合いになる、というところでいきなり画面が小さくなり、案内役の女性が、試合の途中ですが定時のニュースをお送りします、と宣言したのである。

なにが起こったのか、瞬時に理解できなかった。同一時刻に進行している複数の競技の、ハーフタイムを利用した場面転換ならともかく、そこしかない生中継の試合のクライマックスなのだ。それは、競技の流れやコートで生起している身体とボールの関係図の変化に対する畏怖の念を完全に無視した、おそろしく機械的なふるまいのように思われた。双方のキーパーが見せた、どきどきするほどすばらしい動きがいよいよ一対一の場で別様に発揮されるのかという期待はあっさり裏切られ、結果は数時間後のスポーツニュースで詳しくお伝えしますと言われたときの落胆を、私は忘れないだろう。たとえ直後のニュースが大切な台風接近情報であったとしても、日本チームが出場していたら放送時間は延長されるか、小さな画面で映されていたはずなのだ。

五輪はスポーツの祭典であると同時に、「国と国との闘い」である。この二週間あまり、不要としか思われないつなぎのおしゃべりのなかで、そういう物騒な台詞を何度も耳にした。「国と国との闘い」、すなわち戦争なのだから、命を張っている自国の選手をまずは無条件で応援すべきだという考え方は、日本だけのものではないだろう。外国でテレビのスイッチをひねれば画面にはその国の選手たちしか登場しないし、他者は彼らが相まみえる敵国としての出番を与えられているだけだ。五輪期間中は、おそらくどの国も似たりよったりの画面構成になるだろう。戦果に直接関係のない情報や敗者たちは、こうして切り捨てられていくのである。

たしかに今回の日本選手団は好成績を残したし、彼らの勝ち試合はどれも見応えがあった。「国と国との闘い」のなかで、技そのものの美がそういうつまらない言葉を乗り越えていく場面がいくつもあったのだ。体操男子、柔道、水泳。過去何回かの五輪ではおなじみだった、ニッポンのお家芸危うしという悲壮感の演出が懐かしくなるほどに。

しかし、五輪にかぎらずスポーツ中継全般の画面の動きを、ただほれぼれと追っている人間にとって、国籍を度外視した選手ひとりひとりの能力、ゲームそのものの面白さを見ないことにする無用な言葉の浪費と物語づくりは、ある意味で苦痛でしかなかった。各選手の特徴と技術、戦術の分析、そして彼らの技術のどこがすぐれていて、今大会の試合ではどのように発揮されているかを短時間でしっかり伝えられる言語能力を備えた解説者に話は委ねて、あとは映像に語らせればいいのではないか。あらかじめ番組を固定せず、放送をつづけるべきか中断すべきか、試合の躍動感とプレーの質によって判断できる人がモニターを操作してくれたら、少なくとも勝ち負けに視線が集中することはないだろう。

勝った負けたで一喜一憂するのは、どうにも疲れる。なるほど五輪とは、そのような疲労の記憶を重ねていく場なのかもしれない。だが、他国の参加者が見せたパフォーマンスや試合展開の厳しさをまっすぐに受け止めて楽しまなければ、五つの大陸をあらわすあの寛容な輪の意味がなくなってしまうのではないか、とも思うのである。

走る者たちを正面から見つづけること

ある場所からある場所まで、いっしんに走りつづける。それは短距離でも中距離でも長距離でもおなじである。しかし競技場ではじめから終わりまで観戦できるのは、一万メートルまでだ。

楕円形のすり鉢のどこかに腰を下ろして、底に舞うかすかな自然の風とアスリートたちが作り出す風の混じり合うさまを、息を詰めて、目で追う。もちろん、混じり合う風だけではなく、走る者たちの姿に引き付けられているわけだが、そのとき彼らを真正面から捉えつづけるのは不可能である。

トラック内に存在する二本の直線を、その延長線上で見下ろすことはできても、目と目が合う高さでこちらに向かって走ってくるのを見届けるのは無理な話なのだ。百メートルのテレビ中継では、レースを振り返る際に真正面からの映像を流すことがあるけれど、それは本番とのあいだに時間差のある過去の光景に過ぎない。

マラソンをはじめてテレビで観たときは、だから本当に驚いた。展開や時間帯によるとはいえ、画面は先頭集団を正面から捉えたままほとんど動かない。なんでもないように見えて、それは、沿道にいる人にも、伴走車に乗っているコーチにもわからない、テレビカメラと視聴者のみに許された映像だった。

残念ながら、マラソンは二時間ほどで終わってしまう。これに対し、箱根駅伝は、いや、箱根駅伝のテレビ中継は、片道五時間以上、二日間にわたって、走るとはどういうことかを真正面から伝えてくれる稀有な出来事である。

走ることの厳しさと美しさをこれほど突き付けられる機会はない。私は今回も、箱根駅伝の「中継」を、最後まで観つづけるだろう。

すり鉢の底の土埃

周囲に高校野球のファンが多かったせいで自然と感化されて、夏休みの一時期のある限られた時間帯を、付けっぱなしのテレビやラジオの前で過ごすのが、いつのまにか習慣になっていた。

小学生時代の夏の日課は、六年間、ほぼ変わらなかったと言っていい。朝はラジオ体操に出かけ、帰ってきてご飯を食べると、友だちとプールに出かけるまでのあいだすがすがしい気分で第一試合を途中まで観戦。お昼に家に帰って、午後また遊びに行くまでは第二試合の中盤を寝転がって愉しみ、第三試合はみずからの野球のためにパスさせてもらって、夕刻は心地よい疲労のなかで第四試合の終盤を賞味する。例外的な好カードと認められた場合には、上記の習慣を破ってテレビの前に居座ることもあった。

日程が消化されるにつれて試合数が少なくなり、準決勝、決勝を迎える頃にはいやおうなく夏の終わりを意識しはじめる。延長十何回に及ぶ展開になると、試合はもとより、それを可能にしている夏という季節も延長されますようにと真剣に祈った。高校野球の終わりは、夏休み後半に追いやられた宿題に向かう陰鬱な合図でもあったからだ。

しかし、夏が終わる寂しさや新学期が始まる前の焦りをすっかり忘れてしまうほど大きな出来事が、一九七五年の夏に起きた。その年、郷里の代表は中京商業(現中京高校)に決まったのだが、そこでレギュラーの座を獲得していた機敏な選手が町内に住んでいたため、みんなで垂れ幕をつくり、長距離バスを連ねて応援に出かけたのである。むろん、誰もが一度きりのつもりだった。

ところがその一回戦で早稲田実業を倒すと勢いに乗り、あとは予想外の快進撃で、気がつけば次は準々決勝、敵は古豪の広島商業となったからさあ大変、あわてて二度目の遠征に出かけることになった。残念ながらそこで敗退してしまったのだが、巨大なアルプススタンドでの体験はいまも忘れがたい。酷暑のもと、名物の「かちわり氷」を口にしながら見下ろしていた、テレビ画面ではわからないすり鉢の底に舞いあがっていたあの土埃が、夏になると眼の奥に入って、じゃりじゃりと幼い記憶を引っかきまわすのである。

世界をゼロから立ち上げるひと

二〇〇六年七月九日、ドイツ・ワールドカップ決勝フランス対イタリアの、一対一の同点で迎えた延長後半、試合開始から百九分後の事件の真相は、いまだ完全には明かされていない。実際には、なにが起こったのか誰にもわからなかった。テレビの前にいた世界中の視聴者にも、スタジアムに足を運んでいた観客にも。主審にさえ理解できていなかった。それは、この世のどこにも存在しないような、奇妙なエア・ポケットで生起していたからだ。

事後に残されたのは、言葉を欠いた映像、人智の及ばない神の視点で捉えられた映像だけである。ジネディーヌ・ジダンの背後からなにかしら声をかけているマルコ・マテラッツィ。耳を貸さないふりをしてゆっくり自陣に戻ろうとしていたジダンがとつぜん、いかなるドリブルよりも明確な意志を持って振り返り、身をかがめながら一歩大きく踏み込んでマテラッツィの胸元に強烈な頭突きを食らわせたのである。一撃は、わずか数分前、白い大きな鳥のように翼をひろげて宙に舞いながら放った、打点も角度も速度も完璧だったにもかかわらずGKブフォンに阻まれたヘディングよりも、また一九九八年の決勝でブラジル相手に見せつけたあの二本の鮮烈なヘディングよりも破壊的なものだった。考えられるかぎりほぼすべての栄誉に恵まれ、この試合で華々しく現役を退くことになっていたジダンは、こうして、自主的な引退ではなく退場処分となってロッカールームに姿を消したのである。

映像が示された直後から、真相をめぐってあらゆる解釈がなされた。フランスのテレビ局の実況担当者は、なんてことだ、なぜ、いまなんだ、ジズー、どうしていま、こんなことを、と叫んでいた。叫びに込められていたのは、ジズーことジダンを難ずるというよりも、当惑のあまり言葉を失う感覚に近かったが、現場の外にいた者たちは、遠い宇宙の彼方にある星から発せられた電波を解析するかのように、読唇術まで駆使してマテラッツィの台詞を読み解こうとした。いったい、なにが原因だったのか?

しばしの時を経てジダンは、スポンサー契約をしているフランスのテレビ局、キャナル・プリュスでの単独インタビューに登場し、浴びせられた言葉のなかに、大切な母や姉に対する侮蔑的な言辞が含まれていたことを暗に認めたうえで、みずからの愚かな行為を謝罪した。ただしそれはサッカー界全体と応援してくれていたテレビの前の子どもたちに向けてのものであって、マテラッツィ当人に対してではなかった。そのような行為に及んだことは後悔していないし、またできない、なぜなら、あの男に謝罪するということは、侮辱の中身を認めることになるからだ、と。

現代サッカーにおいては、身体的なファウルはもちろん、侮辱的な言葉を吐くことも戦略的な暴力として用いられている。飛び抜けた才能を持つ選手であれば、足だけでなく心も削られる覚悟をしておかなければならず、それに応じざるをえない場合もある。だがあの日、あの場面での頭突きは、プレーのなかでの接触でもなければ、罵り合いや小突き合いの末の突発事でもなく、標的に向かってまっすぐに歩き、狙い撃ちした、誰が見ても意図的な行為だった。暴力は暴力である。だからこそ、衝撃も当惑も大きかったのだ。

もっとも、ジダンには、若い頃から頭突きなどによる退場処分の前科があった。一九九八年のフランス大会でも、優勝のシナリオは、サウジアラビア戦で執拗なファウルを仕掛けてきていた(と見える)DFに倒されたあと、つっかかったように見せかけながら相手を踏みつけた(と見える)行為を咎められたところからはじまっていた。内気で、温厚で、誰からも愛され、途方もなく典雅なプレーをする一方で、ジダンには狂気に似た暴発を生み出すなにかが潜んでいた。だからこそ最高の舞台での失態が、必然のように語られかねないのである。たった一発の頭突きがまるで経歴のすべてを消し去り、聖人を悪魔に変えたとでも言うかのように。

パトリック・フォールとジャン・フィリップの共著、『ジダン 物静かな男の肖像』は、タイトルからすでに明らかなように、右に述べた否定的な傾きを正そうとする試みである。共著者たちは、「負のエネルギー」という表現を用いながら、ジダンの暴発を事実として素直に認めている。認めた上で、「あの行為は、ジネディーヌ・ジダンのサッカー人生のすべてではない。（中略）あの瞬間の残像は、真摯で寛大に生きてきた彼のそれまでの人生とは相容れないものであり、本当の物語の誇張された結末にすぎない」ことを語ろうとする。原題は *Zidane: De Yazid à Zizou*、すなわち、少年時代に親しんだミドルネームのヤジッドからプロ選手としての愛称であるジズーへと変化し、段階を追って成長していったジダンの伝記なのだが、二〇〇六年八月という、「事件後」きわめて早い時期に刊行されていることは認識しておくべきだろう。ワールドカップ終了後に書き始められたのでは、この刊行日にはとても間に合わない。少なくとも、根幹となる「ヤジッドからジズーへ」の部分はすでに書き上げられていたと考えるのが自然であって、逆に言えば、花道を飾るための決定版伝記という目論見に、あの出来事が不意打ちを食らわせたのではなかったか。

ジネディーヌ・ヤジッド・ジダンは一九七二年六月、アルジェリア系移民の息子として、五千人以上が住むマルセイユの巨大団地の、貧しい移民たちの集まるカステラーヌ地区に生まれた。兄三人、姉一人、五人兄姉の末っ子である。スーパーの守衛をしながら一家を支えていた篤実な父親は、故国アルジェリアのカビリア地方、ベルベル族の出身で、幼い頃から勤勉と実直を家訓として育ち、妻とともに愛情のすべてを子どもたちに注いだ。両親を通じての出自に対する強い意識、マルセイユ周辺に残る移民差別、そして新しい祖国フランスへの愛着の混交は、ジダンを語るに当たって欠かせない要素となっている。これはフランス大会の代表チームが移民による混成部隊の様相を呈したときにも、融和、調和、友情の証として言及されていたことだ。

少年時代のヤジッドは、兄を追ってストリート・サッカーに夢中になっていた。学業は苦手だったが、サッカーへの取り組みに関しては真剣そのもので、他の遊びには目もくれず、ひたすらボールを追い、納得のゆくまで練習を重ねた。その甲斐あって、九歳で地域クラブに入り、十一歳でマルセイユのセプテーム＝レ＝ヴァロンに入団、十四歳でASカンヌの研修生となり、十六歳でプロデビューを果たしたばかりか、フランス・リーグの最高峰であるD1にもわずか十七歳で到達している。

とりわけ丁寧に描かれているのは、すでに卓越したテクニックを持ち、足に吸い付くようなドリブルをものにしていた少年の可能性を見抜き、深い愛情を持って支えていった心ある指導者たちの姿だ。ＳＯセプテームのロベール・サントヌロ、十四歳のジダンをＡＳカンヌに送り込んだジャン・ヴァロー、そしてカンヌのテクニカル・ディレクターであるジル・ランピョン、監督のジャン・フェルナンデス。どれほどすぐれた才能も、それに気づいて支えてくれる人がいなければ育たない。これはサッカーのみならず、あらゆるスポーツ、あらゆる創造分野に当てはまることだろう。ジダンは人間関係と運に恵まれていた。とくにＡＳサン・テティエンヌのプレーヤーだったヴァローは、その誠実で飾り気のない人柄でサッカーのすばらしさを教え込んだ。またヴァローの知人であるエリノー夫妻は、契約前の研修生時代に親元から離れた少年を家族のように受け入れた。どれほど有名になっても、ジダンは最初の頃に助けてくれた人々に対する恩義を忘れなかった。

誰もかれも、のちに知り合う仲間たちも、ジダンの、控え目で友情にあつい性格と、規格外の才能に魅了されていく。選手活動の原点とも言えるマルセイユの少年時代やＡＳカンヌの青年寮《フォワイエ・ミモン》での日々に割かれた章は、まさに、サッカーをサッカーたらしめる愛に満ちている。

ジダンは最初から私たちの知るジダンではなかった。ヤジッドからジズーまでの道のりは、けっして平坦ではない。ディフェンダーの詰めを間際でかわして芝に舞うあの「ルーレット」（マルセイユ・ルーレットは日本だけの呼称）をはじめ、トラップやパスの正確さなど、圧倒的な潜在能力を見せつけていた反面、弱点もあった。技術はあっても体力に問題があってスタミナ切れを起こしていたし、先の「事件」からは考えられないことだが、ヘディングが苦手だった。ＡＳカンヌのサブチームを率いていたジル・ランピヨンは、ヴァローから紹介された逸材の特徴をこう捉えている。「この若者はボール遊びが好きなのだ。あとはその愛情に方向性を与えてやるだけだ」と。べつの言い方をすれば、「育成では作れない選手の典型」だった。「頭抜けた」才能とボールへの愛をつぶさずに、もっと高いレベルへ正しく導くこと。ＡＳカンヌの監督ジャン・フェルナンデスは、ゴールに背を向けてボールを受けるジダンの動きの鈍さを早々に指摘し、壁打ちテニスならぬ壁蹴りサッカーを勧めた。蹴って、高速で身体を回転させ、また蹴る。そうすれば周囲がよく見えるようになる、と。

とくに注目したいのは、ジダンにおける聴覚の鋭さを説いた第三章だ。他より明らかに劣る部分に対する指摘を素直に受け入れ、妥協のない練習量でそれを克服していく忍耐力と修正力にジダンは長けていた。「彼は耳で聞いて学習するタイプの人間だった。しかもおのれの発する〈内なる声〉が、記憶力を高める最善の手段になった。

多くのスポーツ選手は視覚、あるいは触覚が記憶を助けるものだが、彼のケースはそれとも違っていた」。だから監督指導者は「特別な語彙」を用いて指導したという。「特別な語彙」がどのようなものか、具体的には語られていないのだが、要するに単純なサッカー用語ではなく、想像力を刺激する表現だったということだろう。

ジダンは才能に溺れる人間ではなかった。ストリート・サッカーの精髄とも言うべき孤独のなかで養われた身体感覚、そして遊びと求道が一体化したプレースタイルをいかにして周囲の人間と合わせていくか、それをひたむきに追求していたのである。たとえばテニスのような個人競技であっても、試合という現場でのコミュニケーション能力は、壁打ちテニスでは育たない。ジダンはヤジッドの時代から一貫して、過程の、プロセスの芸術家だった。彼のプレーの本質は、勝負の行方よりも、ボールをどれだけ滑らかに扱い、周囲をどのように生かし、生かすことによってまたどのように自分自身を輝かせるかという過程の模索にあった。もちろんゴールを狙うこともあるのだが、それはゲームメークの、すなわち過程のなかで自分を出し切ってのみ輝く選択であり、そのためには厳しい訓練で自分のものにできる部分とそうでない部分をうまく融合させ、ボールを持っていないときの動きに磨きをかけなければならない。それがあって、はじめてゴールという副産物が生まれるのだ。

かつて私は、ジダンの膝下の動きがハーフボレーをするときのジョン・マッケンローの左手首に匹敵すると考えたことがあった。それはなにより見ていて美しいもの、鑑賞に堪えるものであり、最高級の舞台芸術だったからだ。たとえばジロンダン・ボルドー時代の一九九五年十二月六日、UEFAカップのベスト8を決める、レアル・ベティスとの一戦で見せたドライヴシュート。このときの映像を、私はDVDで何度も観た。ジダンは球の落ち際にしか目をやっていない。蹴る瞬間、両腕を水平にひろげてバランスを取りながら身体全体をひねって渾身の一撃を放つその間際まで、彼はボールしか見ていない。一瞬の判断。四〇メートル先のゴールに向かって三十度の高さに放たれた、直感だけに基づく抛物線が美しいのは、そこまでの過程が、身ごなしが美しいからにほかならない。

ボレーシュートなら、もっとよく知られたものがある。二〇〇二年の五月十五日、チャンピオンズ・リーグ決勝、レアル対レヴァークーゼンの前半に見せた一撃。左サイドに切れ込んだロベルト・カルロスのセンタリングが敵に当たって大きくゆっくり跳ね上がり、ペナルティエリアのあたりに立っていたジダンの頭上に光が射すようにふわりと落ちてくる。ジダンは立ち位置をまったく変えず、落下点を読み切って微動だにしない。そして左右に敵がいるかどうかをちらりと確かめることもなく、タイミングを計って、やはり左足でノートラップのボレーを決めた。ゴールに吸い込まれたボールの弾道ではなく、ボレーが放たれるまでの、世界が完全に静止した数刻の沈黙と、羽ばたくような四肢の動き。このゴールでジダンが念願のチャンピオンズ・リーグ初制覇を成し遂げたことはもはや言うまでもない。

練習ではなく試合の場で、すぐ横にいて身体を寄せてくる他者を意識しつつ、自分の動きと連動してボールを要求している別の他者と呼吸を合わせるのは並たいていのことではない。見えていない複数の点と線を、あたかも見ているように振る舞うこと。ヨハン・クライフの言葉を借りるなら、「規律の行き届いたカオス」のなかでジダンの動きが発揮されるスタジアムのセンターコートの芝は、いわば仮想と現実をともにもたらす創作家たちが集う空間に似ている。彼の選手としての経歴のなかでそれが最も危険な形で湧出したのは、マルセイユの貧民街にあった無法の広場とレアル・マドリードが闘うピッチだけだったのかもしれない。

洗練された「美しい」プレーは、勝ち負けに物語を求める人々の気まぐれと相容れないものだ。周囲が動いてくれないかぎり、司令塔はただ鈍重で無能に見える。ジダンは、しばしば自身の理想と周囲の要求とのずれに苦しんだ。彼がよしとしていたのは、忘れがたいワンプレーだけの、ゴールの瞬間だけの輝きではなく、それを可能にした全体の流れであり、勝敗を超越したパフォーマンスだったからである。スポーツ番組の「ゴール集」的なダイジェストには、断じて身を委ねてはならない。それは、ある意味でサッカー界を覆う悪しき拝金主義にも結びついた安易な「利益」の追求であり、世界をゼロから、規律のあるカオスのなかから立ち上げて思う存分に動かし、終わりのないままに終える司令塔としての振る舞いに反するものだった。

とすれば、二〇〇六年七月、ベルリンにおけるジダンの最後の頭突きは、少年ヤジッドの純真と理想を、ラフなプレーも暴言も必要としない舞台芸術としてのサッカーの精髄をまったく理解しようとしない世界に対する、痛烈な一撃であったとも言えるだろう。あるいはまた、当日現場に居合わせたベルギーのフランス語作家ジャン＝フィリップ・トゥーサンが「ジダンの憂鬱」(「すばる」二〇〇七年六月号、野崎歓訳)と題された一文で述べているように、そのときのジダンは、「もはや味方の選手にも相手の選手にも我慢がならなくなり、世界にも自分自身にも愛想が尽きてしまった」のかもしれない。

サッカーは相変わらず戦争になぞらえられ、勝敗を決する演目でありつづけている。勝敗をくぐり抜けて人々の心を打つジダンのようなプレーは、肉体的な強度に対する信仰の前で徐々に居場所を失っていくだろう。しかし、彼のプレーに拮抗する言葉はどこにもないのだ。そして、言葉にできない身のこなしこそ、サッカーにおける最高度の言葉であり詩であることを、ジダンだけが知っていたのである。

Ⅳ

裏から見あげる東京ドーム

ビッグエッグと呼ばれる東京ドームが出現し、こけら落としの巨人対阪神戦が開催されたのは、一九八八年、私がその土地に個人的な歴史も係累も持たないという意味における正しき東京人となって六年目の話だ。日本初の屋根付き球場とあってメディアは浮き立ち、地下設備の秘密からご自慢らしい天井カメラに至るまで、ありとあらゆる知識を連日のように授けてくれたのだが、心惹かれたのはその内部ではなく、巨大なビニール袋をふくらませたドームの、脱皮しやすいよう身体に線が入った蛹を思わせる外観だった。

映像では、大きな看板があってにぎやかな正面側、つまり水道橋の駅のほうから紹介されることが多く、裏手がどうなっているのかよくわからない。ある日、ふと気になって、ドームの裏を歩いてみると、そこにはじつに奇妙な光景がひろがっていた。目の前にマンションや高層ビルが建って視界が遮られる、という経験ならそうめずらしくもないだろう。野球場の近くに住んでいる人なら、弧を描いた壁面とその上に突き出た照明灯を立派な建築物と見なし、日常に取り込んできたはずである。

ところが、そこに出現したのは、まさしく巨大生物の卵、まぎれもない受精卵だったのだ。中心に立派な心臓があり、どくどくと脈打って白い血液を隅々まで送り込んでいるその姿は、まるで子どもが土管に描いた絵に宇宙光線が当たって本物の怪獣になってしまった、あの初代「ウルトラマン」に出てくるガヴァドンのようだった。ドームの西側に位置する徳川家ゆかりの後楽園から見ると、土台部分が木立ちに隠されて柔らかい頭部だけ飛び出しているせいか、とくにその印象が強い。建物の規模を超える、巨大生物。二十年経っても、この白い怪獣は眠りつづけたまま、宇宙へ帰ろうとしない。

「いま」が揺れる

学部の数年間、大学に近い町で暮らしていたので、映画といえばその周辺の、歩いて行けるところにある早稲田通り沿いの二番館、三番館で観るのがふつうだった。というより、封切りを味わうなんてめったなことでなければできない贅沢でもあったのだ。情報誌でプログラムを丹念に調べるわけでもなく、映画は日々の狭い生活圏のなかにある場所で、たまたま時間が空いてなにもすることがないときに観るものであり、むしろ映画館の暗闇に身を委ねる口実にすぎないと考えていた。どんな映画であろうと、ひとまずあの暗がりに腰を下ろせば、それでじゅうぶん幸せな気分になれたのだ。

旧文学部キャンパスから高田馬場に向かって坂の右手を歩くとACTミニ・シアターの前を、左手をまっすぐ進むと早稲田松竹の前を通る。前者の入り口に列ができていたら、なにが掛かっているのかを確かめずに、とにかく並んでみることにしていた。ビルの二階にある受け付けまで階段をあがり、靴を脱ぐと、番号札といっしょに袋菓子がひとつ支給される。それを手に、一席ずつ座布団が置かれている段々の極小アリーナにぺたんと腰を下ろす。温泉場の小劇場みたいなその空気がなんとも言えず魅力的で、一時は年間会員になっていた。

プログラムはたいてい過去の名画の定期上映のあいだに渋い新作を入れる構成だったのだが、ぶらりと入るときはなぜか『戦艦ポチョムキン』をやっていて、内容よりも暇つぶしと空間への愛が勝っていたから、このエイゼンシュテインの名作を繰り返し観ることになり、しばらくは大階段を見るとすぐ乳母車を連想するほどになっていた。ほかにも定番があって、たとえば『地下水道』には何度つきあったかわからない。アンジェイ・ワイダといっしょに地下水道に潜っては眠り、目を覚まして議論に耳を傾けてはまた眠り、何度観ても細部を忘れている自分に嫌気がさしながら、それでも小さな小屋への誘いに抗うことができなかった。

一方、早稲田松竹は、郷里にあった一戸建て映画館と趣が似ていたせいか、最初からとても親しい感じがして、ここにもまた、ただ入るためだけに入ったものである。ボルトの締めがあまい椅子のきしみや傾き加減、クッションの固さや床のコンクリート層の薄く頼りなげな足触り、待合室の煙草の煙、上映室の横のスロープの壁に貼られている黄ばんだ名画のポスター。そんな舞台装置に心が昂ぶり、そして鎮まった。

もう少し先まで歩いて山手線のガードをくぐると、西友の地下にパール座という、天井の低い、冷凍食品売り場を改造したような映画館があって、その冷えた安っぽい闇のなかにもよく身を沈めたのだが、じつを言うと、これらの闇にはひとつ共通点があった。振動である。

三館とも地下鉄東西線の上に位置していたから、列車の微弱な振動が伝わっていたのだろう。腰を下ろすと、地面が揺れている、ような気がした。いや、たしかに揺れていた。揺れている、と私は感じていた。当時の映画館の記憶は、このぶるぶると震える下肢の感覚と切り離すことができない。そんなもの感じないよと笑う友人も多かったけれど、二十歳前後の私は、闇のなかでいつもその揺れとともにいた。楽しみながらも、これでいいのかという将来への不安を、その微動が代弁してくれているような気がしていた。だからいまでも、あまりに静かな映画館では逆に心身の均衡が崩れて、ぐあいが悪くなってしまうのである。

青山で転び、青山で途方に暮れる

青山は、銀座とともに、そこへ行く前からもう大きな緊張を強いられる街のひとつだ。こんなに薄汚い格好で、こんなにくたくたした鞄を提げて、こんなに情けない顔で、ブランド品や高価な骨董品を扱うお店の並ぶ通りを歩いていいのだろうか？　背筋を伸ばし、颯爽と歩を進める代わりに、猫背のすり足で移動したりして、周囲の迷惑にならないだろうか？　要するに、体裁ばかり気にして、なかなか田舎者の目線から抜け出すことができないのだ。もちろん、大通りから一歩入れば人懐っこい家々も残ってはいるけれど、一九八〇年代以後の東京しか知らない者に、既製のイメージを払拭するのは容易ではない。

だからある時期を境に、心を決めたのだ。青山へ行ったら、居心地の悪さを少しでも軽減するために、近しい場所だけを狙おうと。なんのことはない、本屋をまわればいいのである。幸か不幸か、数は多くない。ただ困ったことに、そこにもやはり感性の分水嶺があって、それぞれに心の準備が必要になる。

地下鉄で表参道まで行くと、まずクレヨンハウスまでの細い道をたどる。これ以上ない出発点だ。絵本と児童書を隅々まで眺めて何冊かに目をつけ、これは買おうと玩具売り場に移動して、ここでもまた隅々まで外国製の玩具を検分する。そして、色とりどりの玩具に夢中になって、買うはずだった本のことを忘れてしまう。

簡素で美しい木製の車を手に入れたあとは、足取りも軽やかだ。心が浮き立ち、足も浮き立つ。その結果、国道に出る手前の雑踏で、私はよく転ぶ。青山で転ぶ人はあまりいないようだが、しかしここで一度派手に転んでおかないと、次に立ち寄る青山ブックセンターの、あのきらびやかな海の底へと降りていくエスカレーターの頂で必ず躓くので、貴重な厄払いにもなっているのだ。

塵ひとつない新刊書店を堪能したあとは、分水嶺の向こう側へ渡るために、青山学院大学の東側に沿ってゆるい坂道を六本木通りへと下る。なんのために？　青山トンネルをくぐるためである。左手にコカ・コーラの看板を望みながら、湿っぽい、お化けの出そうな本物の冥界を抜け、階段をのぼって崖の上に立っている不思議なお店の前を通り、ふたたび大学の、西側の塀づたいに国道に戻る。これで二度目の厄払いが終わったと考えていい。

あとは宮益坂の上の、こぢんまりとバランスのいい巽堂書店と詩書が充実している中村書店を覗くのだが、たった二軒のあいだを触覚の取れた虫みたいに行ったり来たりして、自分を見失う。青山で転び、青山で途方に暮れる。溜息混じりに空を見あげると、「志賀昆虫」の看板が見える。

＊「志賀昆虫」はその後、品川区に移転した。

三つの部屋の秘密

午前十時。いつもは若者でごったがえしているのに、ほとんど人とぶつかることのない坂道の見晴らしのよさにも驚いたけれど、もっと驚いたのは、夕方か夜しか知らないその店がなんと朝の九時半から営業していて、壁にとりつけた飾りだとばかり思っていた窓から明るい陽射しが入り込んでいることだった。煙草の脂で茶色く汚れた壁に間接照明が当たってオレンジがかっている夜のたたずまいとはべつものの、白く透明な自然光が、鎧戸を透かしてテーブルをやわらかく照らしていたのである。

ここへ来るときは、いつも誰かと一緒だ。待ち合わせの時間より早めに来て本を読んだり原稿を書いたりすることも稀にはあるけれど、やはり話をして過ごす時間のほうが多い。楽しみにしている珈琲は、薄手のカップにほぼすりきり一杯。おまけに相当熱いので、親指と中指で探りながら適温になるまで待たねばならず、なんとかいけそうだなと思っても、口へ運ぶ前にこぼしはしないかと心配になる。

にもかかわらず、機会あるたびにこの店を待ち合わせに指定するのは、オールドビーンズとネルドリップの組み合わせが絶妙で、何度飲んでも飽きないからだ。カウンター上部の壁にぴったり埋め込まれたスピーカーから流れる曲の選択や音量も、私の嗜好と聴力にとてもよく合っている。

ある晩、聞こえてくる音がどうもふだんとちがうような気がして顔をあげると、いつもの場所に、上下左右の空間を余して小さなスピーカーがぽつんと観音様みたいに置かれていた。事情を訊ねてみた店員さんの回答は要領を得なかったが、その後しばらくして行ってみると、元のスピーカーが復帰していた。朝しか出て来ない、だから私とはその日が初対面のマスターによると、浮気ではなく修理中のやむをえない措置だったのだそうだ。三つの部屋で音楽を鳴らし切るのは、なかなか大変なのである。

時間の湯を浴びる

架空の土地を生々しく描き出してあたかも実在するかのように感じさせる文学作品がある一方で、実在の土地を扱っているにもかかわらず、読むほどにそれが完全な虚構にしか見えなくなるような作品群もある。圧倒的な想像力といった決まり文句を掲げて物書きの能力を神話化していく、あの私たちになじみの深い話の進め方にしたがうなら、外から見て華やかなのはおそらく前者のほうだろう。ここにはない土地を創出するためのエネルギーを平均値より多く蓄えている書き手は、いくらでもいる。また、後者のうちでも、世界的な都市の名を冠した小説などは空間の魔を前提として書かれているはずだから、読者はまず、姿の見えない土地そのものよりも、そこで暮らしている人々の姿に引き付けられる。土地の精霊なくしては、彼らもそれほどには輝かなかったにちがいない。

土地の名、もしくは地名の音楽。こういう便利な言葉が当てはまりそうな作品も数多い。ただしその場合、具体的な土地を描く必要はないだろう。書き手も読み手も、固有名の響きひとつで夢を紡ぎ出すことができる。どんな場所だっていい、枕詞に導かれた和歌の地名を指折り数えていけば、わが国だけでも夢は膨大にふくらむ。訪ねたこともない土地の記憶を過去の文学作品から引き出し、言葉として現出させる手法は以前から存在していたわけで、それをもっと過激に推し進めていけば、地名そのものが消えてしまうかもしれない。

誰かが私を呼んでいる、私はここではないどこかに行く、と書いたのは、詩人のサン＝ジョン・ペルスだった。しかし「ここではないどこか」を語るためには「いま、ここ」をしっかりと語っておく必要があるだろう。どこにもない土地を、どこにもない場所から拾いあげた言葉だけで生み出すなんて、不可能に近いからだ。

右に掲げた事例のうち、いつもその魅力をあとから理解して遅すぎる溜息をつくのは、壮大な物語を現実として支える虚構の都市でもなければ、現実を肥大させてできあがった架空の都市像でもなく、むしろごくあたりまえの紀行文のような文章に出てくる土地の力だ。正確な地名や移動の日時などを記しているはずなのに、それがどこの話なのかわからなくなるほど鮮烈な言葉や濃密な映像に出会ったとき、土地の磁力は強くなる。しかもその印象は、初読のときから時間を経て少しずつ変化する。文学作品における土地の力は、詳細な描写のあるなしとは無関係に、読み手の記憶のなかの「ここではないどこか」にいったん沈んでふたたび浮きあがる機会を待ち、そのたびに全体の広さや濃さを変えてくるのだ。

たとえば「十月十四日午前六時沼津発、東京通過、其処よりM—、K—、の両青年を伴い、夜八時信州北佐久郡御代田《みよた》駅に汽車を降りた」という一文で語り出される若山牧水の『みなかみ紀行』を、私は佐久という実在の地名とすれちがうたびに思い出すのだが、その一方で、読後感はなぜか圧倒的な非現実へと傾いていく。佐久を訪れたあとになっても、牧水の行文は彼自身の旅の「記録」から無名の「記憶」へと簡単に姿を変え、しかもあやふやな「記憶」を嫌ってまた「記録」に戻るという、不思議な動きを繰り返す。地元の新聞社主催の歌会に出席した牧水は、そのあと草津に向かい、あのすさまじい「時間湯」について語っている。

時間湯の温度はほぼ沸騰点に近いものであるそうだ。そのために入浴に先立って約三十分間揉みに揉んで湯を柔らげる。柔らげ終ったと見れば、各浴場ごとに一人ずつついている隊長がそれと見て号令を下す。汗みどろになった浴客は漸く板を置いて、やがて暫くの間各自柄杓をとって頭に湯を注ぐ、百杯もかぶった頃、

隊長の号令で初めて湯の中へ全身を浸すのである。(『みなかみ紀行』、中公文庫)

湯槽に並べられた厚板にしがみついて、病人たちは三分間、手足も動かさずに身を沈める。「動かせばその波動から熱湯が近所の人の皮膚を刺すがためであるという」。草津の湯を知らぬ者はない。しかし、牧水描くこの過酷な湯治場の、湯揉みの唄と湯気は、ただれた皮膚ばかりか、疑わしい記憶の皮膚をも刺す。その瞬間、北佐久郡も軽井沢も草津も剝ぎ取られて、文庫本で二頁足らずの温泉の周囲だけが強烈な光を放ちはじめる。

空間も、土地も、時間の湯を浴びる。読者は読者で、記憶を揉みほぐすために、沸騰点に近い言葉の湯を浴びる。固有名が消え失せ、「ここではないどこか」へと想念が飛んだとき、土地は、その真の力を発揮するのだ。

あやしうこそ、ものぐるほしけれ——東洋文庫の午後

駒込はいつも夜だった。かつて荒川に住んでいた頃、遅くまで図書館で過ごした帰り道は、たいてい本郷通りから都バスに乗った。「東43」系統で荒川土手操車所方面を目指し、小台で下車して、そこからは都電に乗る。たまに、「茶51」を選ぶこともあった。後者の終点が駒込駅南口で、あとは大塚まで出て都電に乗る。たいした距離ではないけれど、適度な無駄を加えた回り道を許す体力が、当時の私にはまだあったのだ。

九月末の、午後三時をまわった昼の駒込は、はじめて見る遠い異郷のようだった。JR駒込駅を出て六義園には挨拶もせず本郷通りをまっすぐ歩き、不忍通りの交差点を右折する。清潔さと寂しさ、文教地区のつんとした空気と下町風の賑わいが、交互に感じられる。ミュージアムを併設する新しい東洋文庫の建物は、それじたいちょっとした文化施設のような駒込警察署の左に、控えめな表情で存在していた。古今東西

の希少な文献を盗人から護るにはこれ以上ない立地だが、この警察署の土地はもともと東洋文庫の一部で、財政が逼迫していた折に手放したのだそうだ。

大正十三年、一九二四年に三菱財閥の岩崎久彌が北京駐在員G・E・モリソンのコレクションをもとに設立した東洋文庫の沿革と現状については他を参照していただくこととして、ここでは、展示室が開く前の静かな状況で手に取った何冊かの本を中心に、内覧の感想を記すにとどめたい。そう、なにより驚かされたのは、「手に取る」という特権的なふるまいが、あまりにあっさり許されたことだった。素手で、マスクも着用せず、何百年も前の本に触れて構わないという展開は、予想だにしていなかったのである。緊張で指先に汗を掻いたり、おしゃべりをして唾液が飛んだり、場合によっては本そのものを床に落としたりすることもなくはないだろうに、金は出しても口は出さない岩崎久彌の太っ腹な気風が継承されているのか、あるいはなにも知らない異邦人に等しい客には、一律に歓待の掟を適用するということなのか。むろん歓待される側にも掟を守る義務があり、それを破れば即刻駒込警察行きになる。電話一本で、お隣から警察官が飛んでくるのだ。十三世紀、未知の国の未知の文明に触れたとき、ヴェニスの人マルコ・ポーロは、どんな「腹のくくり方」をしたのだろう。

マルコ・ポーロの『東方見聞録』と題された旅行記には、「世界の記述」という別名があって、まずは写本で欧州全土にひろまった。年代を考慮すればわかるはずなのに、十代の半ばまで、私はこの作品が最初から印刷された本だったと思い込んでいた。東洋文庫には年代確定のできるものだけで七十種類以上の『東方見聞録』が収められ、うち五十四種が先のモリソン氏の収集品だという。軽く照明を落としたミュージアムの壁一面を埋め尽くすさまざまな言語の訳本は、壮観の一語に尽きる。口述筆記で記したものがこれだけ時空を超えて伝わっているのだから、真偽のほどはべつにして、原本はもう『マルコ伝』と呼ばれていいかもしれない。

異郷からやって来た使徒の権利を駆使して、ガラスケースのなかからフランチェスコ・ピピノによるラテン語訳の古活字版『東方見聞録』を取り出してもらった。一四八五年、アントワープ刊。手が震える。紙はすっかり乾いていて、頁を繰ると、かさりと音がした。写本の文字に近い、縦の線の太い活字が整然と並ぶ。章の頭には大きな飾り文字があり、節の切れ目に空白があって、ところどころ赤い印が刻まれている。刊行後五百年以上経過してなお鮮明に保たれている血痕。顔を寄せてみると、膠のような、スラヴの国々の古書のような匂いがする。マルコ・ポーロは、黄金の国「チパング諸島に住む偶像教徒」には、「自分たちの仲間でない人間を捕虜にした場合、もしその捕虜が身代金を支払いえなければ」殺して料理し、みんなで食べてしまう風習があると記していた（愛宕松男訳、東洋文庫、平凡社）。訪れたこともないジパングをめぐるマルコの言葉は、歴史や地理の教科書でたいがいの人が読んでいるだろうけれど、十五世紀末における現在の眼で見ると、ここにあるのはたしかに報告ではなくて「記述」だという気がしてくる。

この本の刊行後、二百五十年ほどして、「人肉を食べる国」へイエズス会宣教師たちがやって来た。『イエズス会士通信日本年報、付中国通信』は、一五八三年から翌年にかけて書かれた、ポルトガル人宣教師ルイス・フロイスによる報告書だ。遠洋航海の苦難を乗り越えて日本にたどり着いたパードレたちが、実際に見聞きした出来事を冷静に分析し、かつ主観をまじえながら書き送ったこれらの書簡は、「記述」の枠を超える「語り」を生んだ。大殿や力のある側近たちの言動をつぶさに観察するパードレ。そのパードレの横に、戦場経験の豊かな元将校のイタリア人を置いたのは、『安土往還記』の辻邦生である。本部に報告をする者をさらに観察すること。この年報には、何世紀ものちにそうした小説の誕生をうながしえたイエズス会士の、粘り強い言葉がある。

おなじくイエズス会士たちが十八世紀にまとめた、全二十六巻の書簡集も展示されている。この揃いは、なんとマリー・アントワネットの所有物だったらしい。赤い豪華な革装で、表紙に百合の花を三つあしらったブルボン家の家紋が金で箔押しされている。彼女は宣教師たちの布教活動報告に、なにを読もうとしていたのだろう。オーストリアから嫁いできた異邦人たる我が身の、心の支えにしたかったのか、それとも生真面目な冒険譚を楽しみたかったのか。これがただ書棚にあっただけではなく、幽閉されたタンプル塔に持ち込んで耽読していたものだったというなら、べつの意味で興味深い資料になったかもしれない。お付きの人間もいたわけだから話し相手に事欠かなかっただろうけれど、彼女に誠実な嘘としての「語り」のレトリックを楽しむ余裕があったら、命の際で無聊を託っていた可能性はますます低くなる。

さて、無聊、つれづれとくれば、吉田兼好の『徒然草』である。十四世紀前半に記されたこの散文を、十七世紀、本阿弥光悦が自身の筆から起こした木版活字を用いて、隅々まで意匠を凝らした印刷物に仕立てた。そのうちの一冊を、深呼吸をしてからそっと手に取った。文字の流麗さは言うに及ばず、紙質、透かし、墨の乗りまで、すべてが怖ろしいほどの完成度である。和本は文机の上で開くのが安全だし、それが正しいような気がしていたのだが、立ったまま手にして頁を開いてみると、これがじつに読みやすい。美術品の格を備えていながら、きわめて実践的な書容設計がなされているのだ。細部の詰めは、行間や天地の余白をぴたりと決める美的配慮だけでなく、制作者の身体感覚を基準に考えられているはずで、この刊本が心地よいということは、光悦や彼を助けた角倉素庵の背格好や腕の長さは、私とおなじくらいだったのかもしれない。ガラス越しに見ているだけでは、絶対にわからないことである。

もうひとつ、この版には秘密があった。印刷がうまくいかず空白になった頁を、光悦みずから筆を執って埋めているのだ。仮名の読みをもっと勉強していればと悔やんだところで、もう遅い。「心なしとみゆるものもよき一ことゝいふものなりあるあらえびすの……」の一行はそれでも判別できたから、たいていの教科書に載っている有名な章だと知れた。当人が書いているのだから当然だが、それらの文字は木版の書体となにひとつ変わらず、しかも墨の微妙な濃淡に、刷り物を超えた書家の息づかいが、そして草書というにふさわしく先まで伸びつづけていく蔓の控えめな活力とうるわしい倒錯の匂いがあった。印刷された自分の文字に拮抗しつつ、明らかに別世界の文字を綴ってみせること。そこに、この一冊の得がたい魅力がある。

文字ではなく、絵が活字と共存している途方もない印刷物の代表として、手彩色の図版を載せた図鑑とも対面することができた。シーボルトの『日本植物誌』と『日本動物誌』。事前にリクエストしておいたのである。精緻な挿絵の下絵は日本人画家の手になるものだから、シーボルトの単著というより、日蘭合作としたほうが正確かもしれない。いずれも貫禄十分な大判で、仏語の解説がついている。絵を見ていると説明が読みたくなり、説明を追っていると記述の細部を挿絵と較べたくなってきりがない。手で持つことの不可能な大型図鑑は、机の上で開いたときののどの割れぐあいやモロッコ革の背のへたれた感じによって書物として育てられていくものだが、少しかび臭い紙の水槽に眠るタツノオトシゴや土中のモグラ、海に漂うマンボウや巨大なマッコウクジラを擁する『日本動物誌』は、他の本と同様、「現物」の圧倒的な重みと存在感を知らしめてくれた。

　眺めるだけでは、本は死んでしまう。時々、勇を鼓し、かつ細心の注意を払って、表紙に、頁に触れてやらなければならない。どれか一冊、こっそり持ち帰りたいなんて気には、とてもなれなかった。隣が警察署だからではなく、桁外れの書物と対峙しすぎて疲れ果ててしまったからだ。駒込に夜が近づいていた。「あやしうこそ」ではないけれど、書物をめぐる冒険にふさわしい「ものぐるほしさ」は、兼好の時代から少しも変わっていないのである。

道はすべて坂である、としておこう

バスを楽しむのではなく、バスに乗って坂を味わう。微妙な屈折である。こんなふうに少しよじれた思念をわかりやすい形にしたければ、バスの営業所に貴所の管轄内で坂の多い路線はどれか、あるいは印象的な坂があるのはどの路線のどのあたりかと尋ねてみるのが得策というものだろう。情報も確実だし、乗り降りの効率もいい。運転手の頭脳にはフロントガラスの向こうの景色が隅々まで記憶されているはずだから、具体例をひとつふたつ挙げてもらえば、それらをうまくつないで坂を嘆賞するバスの旅など労せず組み立てることができる。

しかしその程度のことは誰にだって思いつくわけで、実行したらしたで行き当たりばったりの喜びがなくなってしまうこともまた容易に想像しうるのだ。こんなとき、等高線つきのバス路線図があればと思うのだが、さしあたっては乏しい経験のなかから坂とバスの絵合わせを試みるしかない。

まず頭に浮かんだのは、小田急線成城学園前駅から東急東横線都立大学駅に向かう「都立01」だった。かつて都立大学と呼ばれていた大学がまだ都立大学駅にあった頃、柿の木坂の下の古本屋にしばしば通っていて、渋谷を拠点としていなかった私は新宿からわざわざ小田急で西下し、無意味に遠まわりしてこのバスを利用していた。だから起伏の多い道筋に親しみがあったのだ。

それにしても、坂とはなんなのか？「一方が高く、一方が低く傾斜して勾配のある道」（『大辞林』）だと説明されても、なんだかぴんとこない。どこまでも平坦につづく道などありはしないし、極端に言えばおよそ道なるものにはすべて勾配がある。そういう理屈のなかでは、ただ漫然とバスで公道を走ることが坂を走ることに等しくなり、この坂あの坂と選択に頭を悩ませる必要もなくなる。問題は、どの程度のものを気持ちよく坂と呼ぶのかということで、かりにそれを定義しえたとしても、知らぬ間に坂を走っていたんだと振り返る場合と、さあこれから坂に突入だと身構える場合との気持ちの入り方の相違を、自分のなかで見極めることくらいしかできないだろう。

某月某日の午後、編集部のTさんと先の成城学園前駅の、東急バスの停留所で待ち合わせ、乗客もまばらな「都立01」に乗り込んだ。車窓風景を撮影してほしいとの無茶な注文も出されていたので、どこでなにを写したのかわからなくならないよう記録をお願いし、私はもっぱら目とお尻に神経を二極化して来るべき勾配に備えることにした。走りはじめて数分と経たぬうちに道はぐねぐねとまがりながら下って、東宝撮影所の前を抜けていく。徐行しつつも車体はまず右にそれから左に大きく振られ、あわせてこちらの身体にも遠心力がかかる。下りの感覚と左右のGがからみあう複雑精妙にして大胆な揺れぐあいだ。

この揺れが完全には抜けないうちに世田谷通りをぐわんと左に折れると、目の前に、ほどよいというよりやや大きな勾配のある立派な坂がのびていた。ここを走っただけでも一日の仕事を終えた気分になる。NHK技術研究所のあたりで今度は右折し、砧公園の裏手を抜けてバスは東名高速をまたぐ橋を渡る。欄干を覆う網に「キケン　フェンスにのぼらないでください」という注意書きがあって、こんなところにのぼる阿呆がいるのかと思う間もなく岡本の谷に入り、長すぎず短すぎずのややひなびた住宅街の坂を下りまた上り、上用賀三丁目から駒大高等学校裏を走って桜新町に向かう。とくに何々坂と名前があるところではないから、バスのほうも歴史を気にしたりすることなく軽快にディーゼルエンジンを噴きあげる。

途中、「グレラン製薬前」という停留所*の名前に引きつけられた。現在この会社はあすか製薬と改名され、社名はバス停にしか残されていないらしいのだが、以前、外出先で急に頭が痛くなったとき「新グレランA」という鎮痛解熱剤をもらったことを思い出した。グレランの語源は、なんなのだろう？　ここで乗り降りしている人たちは、熱に浮かされることなく、つねに落ち着いた気持ちでいられるのだろうか？

桜新町に出てサザエさん通りを抜け、深沢方面に向かう。ゆるい坂が連なる立派な桜並木を抜けている最中、ふと後ろを振り返ってみたら最後部の座席が空いていたのでそろそろと移動し、運転手の目を盗めないけれど盗んで、子どもみたいに座面に膝をついてリアガラスにへばりついた。すると、ただ座って前もしくは横を眺めているだけでは感じられなかった坂の勾配が、じつによくわかる。乗客が多い時間帯にはとてもできない芸当ではあるけれど、バスで感じる坂は進行方向に目を向けるかそうでないかで、ずいぶん表情を変えるとだけは言えそうだ。深沢坂上から深沢坂下を走り抜け、なぜ深沢坂中がないのだろうと自問しているうち柿の木坂に差しかかる。以前より短く勾配もゆるやかになっているように感じられたが、どうせ再開発で景観は激変しているのだ、こちらの記憶と合致しなくてもおかしくはない。

「都立大学駅北口」で下車し、おなじく東急バスの目黒駅前行き「黒02」に乗り換える。目黒通りはなんとなく摑みどころのない道で、私にはどうも道幅と両側の建物のバランスがしっくりこない。反対車線を観察するにはやや距離がありすぎ、無視するには狭すぎる。飲食店が少なく清潔な印象も受けるけれど、妙によそよそしくもある。そのよそよそしさが薄れはじめるのは、「元競馬場前」からしばらくつづく府中競馬場規模の直線を抜け、「大鳥神社前」まで一気に下っていく金比羅坂のあたりだろうか。谷底の目黒川にかかる橋の手前あたりから前方の視界がどんとふさがってなかなかの迫力である。ただし、いつ、どういうタイミングで視線を投げるのかがむずかしい。目黒川に気を取られていると前方が見えず、登山前の開かれた閉塞感も味わうことができないからだ。

少しなまりかけた足を動かすために、権之助坂の名を冠した停留所で下車し、坂をのぼって人間の目を白黒させながら目黒駅のほうを見あげる。坂はY字に分かれており、左が無名坂で上りのみ、右がいわゆる正真正銘の権之助坂で、こちらは下りのみである。つまり、バスで権之助坂をのぼることは不可能なのだ。こうした交通機関の理不尽さを私はいとおしいと思うのだが、それが万人に共通する感覚かどうかはわからない。名無し坂の途中に浮いている「洋菓子舗ウエスト」に立ち寄り、窓際のいちばん奥に陣取ってケーキセットでしばしの幸福に浸りながら、これまでの経路の感想を述べ合い、これからの順路を検討した。

ところが、そのうち、なんだか妙な気分になってきたのである。いちばん奥の席というのは、坂に面したガラス窓の、もっとも目黒川寄りの壁に近いという意味で、私の位置からは左手に店内のお客さんたちが、正面にTさんが、右手に坂が見える。そして前方の坂を見ようとすると、階下のドラッグストアの、ケーキよりも華やかな安売り商品の陳列台が目に入り、それが邪魔になって車の流れがわからない。しかたなく歩道を行く人々もいっしょに捉えられるくらいの角度に顔の向きを修正し、話のあいまに外をちらちら眺めていたのだが、視野に入ってくるのは、先に述べたとおり、上にのぼっていく二車線の車の糸ばかりである。お店じたいは建築学的に正しく水平で、椅子も腰が沈むほどではないのに、お尻はずっと下がった感じがする。重心が背中にかかり、まだバスに乗って坂をのぼっているような錯覚に陥ってしまうのだ。

坂の途中という言葉で想い浮かべていたのは、勾配のある上下二車線以上の道路の、ちょうどなかほどである。つまり、上りと下りがあって、目は双方向の流れを追うはずだとの思いこみがあったのだ。しかるに、この無名坂は上りの一方通行なのである。身体が沈むような感覚に襲われてはじめて、私はそのことをつよく意識させられた。二股の部分より下に店があったら視線の均衡は取れていただろう。じじつ、Tさんの側からは、上り車線と同時に権之助坂を下ってくる車たちも見えていて、とくに妙な感じはしないらしい。といって前のめりに坂を下っていく感じにならないのは、手前の上りも視界に取り込んでいるからだ。坂をゆく車は、上下線でなくてはならないのだろうか。それが精神の均衡にもよいとしたら、ささやかな発見と言っていいものだった。

重心を椅子に残した状態で店を出て坂をのぼり、目黒駅前の広場から都営バス「黒77」に乗り込んで外苑西通りを走る。窓枠の水平軸と坂の斜面が交わる角度を時々確認するのがなんだかいじましい。「東大医科研病院西門」から「天現寺橋」にかけての路線はゆるい下りになっているのに、私はすぐにそうとは気づかなかった。広尾駅を過ぎ、青山通りを渡って、キラー通りを走り、千駄ヶ谷駅に到着。そのまま都営バス「早81」に乗り換え、外苑西通りから新宿通りを抜けていく。

四谷三丁目交差点を左に曲がって外苑東通りへ。西から東へと名称がどんどん変わるので、いまどの方向に向かっているのだかわからなくなってくる。元花街の荒木町を抜け、靖国通りと交差する曙橋の陸橋を上がる。橋に勾配があっても、それは橋であって坂ではない。しかしせっかくのぼってきたのだから、曙橋は坂のひとつに数えておこう。「銘酒白鶴　ハクツル」の看板が掲げられた倉庫と防衛省の監視塔にはさまれた「市谷仲之町交差点」の停留所で降りると、「白61」に乗り換えて目白の高台を目指した。

外苑東通りは薬王寺の辺りから二車線になり、両側の商店街の建物にバスが接するほどの近さになる。窓の外を見ているかぎり真っ平らなのだが、フロントガラスから先を見はるかせば、ゆるゆると下りになっている。数十メートル先で列を乱している先行車の、タイヤの下部が道路の線の下に隠れているのに気づいて、地球が丸いことを説明するのによく使われた、海に浮かぶ船が沖へ向かうにつれて下から見えなくなっていくというあの現象を思い出す。平らに見える大海原がじつは弧を描いていたという話とはまるでちがうけれど、海には固定された坂がない。海では波が移動性の坂やカーブを演出しているのだ。

速さは抵抗感とともに生じる。しかしバスの抵抗感は遅さを演出する。坂道のバスは、その遅さに抗ってエンジンを吹かすぶん、逆に速度を生むとも言えるだろう。椿山荘と東京カテドラルのあいだで、予想どおりその抵抗感を引き連れて走るに最適の空間が出現したときは、モナコGPのラスカスからゴールまでの坂を連想してやや落ち着きをなくす。勾配に魅せられて座面を浅く座り直し、そのまま空を見あげた状態で目白通りに入ると、午後遅い空の青の階調がじつに美しかった。カテドラルの尖塔と葉の落ちた樹木と背後のクレーンという三本の垂直への意志がバスを天上に引き上げていく。このまま乗って練馬車庫まで行ってしまうか、それとも明治通りの谷を走る鉄路に乗って帰途につくか。歩けば、坂道はかなりある。しかし歩かずに坂を体験するという試練は試練として残しておきたい。そう決めたとたん、三本の垂線の力でその日はじめてバスのタイヤの抵抗感がなくなり、ほんの数ミリ身体が浮いたような気がした。

＊ 現在は「桜新町二丁目」と改称されている。

鳴らせ心の警報機！

東急世田谷線の下高井戸駅降車ホームに立って、そこから上り線、つまり三軒茶屋方面に歩くと、ホームの端に小さな構内踏切がある。平日と土曜の通勤通学時、そして休日の夕刻から夜にかけて乗客の便宜をはかるために開く期間限定の通路で、それ以外の時間は踏切のバーの外側に頑丈な鉄柵を引き出して施錠するようになっているのだが、短いながら黒と黄で塗装されている正真正銘のバーを擁した踏切全体を封印するという発想は、空間的余裕のなさと安全性を考慮した窮余の策とはいえ、素人には出てこないものだ。よくよく観察してみると、京三製作所の「踏切しゃ断機」という、「遮」だけがひらがなになった装置が付いていた。どんなに小さくても、酒場の入り口やコレクターの部屋にあるわけではなくて現に使用されているものだから、やはり踏切のうちに数えるべきなのかもしれない。ただし、『広辞苑』第六版の、踏切は「鉄道線路と道路とが交差する場所」という定義に従うなら、一般道と交差していない下高井戸駅構内の渡線路は、踏切でないとも言えるのだ。

なぜこんなことにこだわっているかといえば、下高井戸と三軒茶屋を結ぶ全長五キロほどの路面電車の線路に設けられた踏切をすべて渡ってみるという酔狂に乗り出そうとしているからで、先の小踏切を真の踏切と数えるか数えないかによって全体の数が変わってしまうところが問題なのだった。しかし、どのように解釈するにせよ、午後のその時間には閉じられているのだから、渡るという原則からは外れることになる。そんなわけで私は、降車ホームの先にある踏切、すなわち赤堤四丁目四十番十一号と記された「松原四号」踏切を、今回の冒険の第一歩とすることにしたのだった。

十三時二十五分、その「松原四号」を渡って、上り線路沿いに歩きはじめる。未来通りと名付けられた将来性の高い小径のコンクリートの柵には、なぜか梅酒の瓶を利用した簡易吸い殻入れがくくり付けられ、濃いコールタールの色をガラス越しに光らせている。線路際には美しいピンクの芙蓉が咲き乱れ、蜜を求めてモンシロチョウが舞い、茎には二星てんとうやカタツムリが張り付いて人工のなかの自然をみごとに演出してくれていたのだが、柵にはまた《眼アポで出会い、裏技でキメる》といういかがわしい張り紙もあって、その惹句にやられたのだろう、鮮やかな緑をまとったカマキリが切ない出会いを求めてうろついていた。

十三時三十分、「松原三号」を渡る。四号から三号へ。踏切のなんたるかを知らない身でも、たぶん次が二号でその次が一号だと予想することはできる。線路脇に、ところどころ黄色い葱坊主のようなキャップをかぶった鉄の柱が立っていた。もっとよく観察しようと、U字溝を埋めたむき出しのどぶ川の、両岸に不要なスキー板を渡して作った即席花壇に身を乗り出す。その瞬間、ずるりと滑り落ちそうになる。「踏切だ鳴らせ心の警報機」という立て看板は、こういう場所にこそ必要ではないのか。しかしそのとき心の警報機の代わりになってくれたのは、白茶の野良猫の鳴き声だった。

十三時五十分、「松原二号」を踏破。普通の家にしか見えない小児科・内科を越え、北沢土木管理事務所管轄の方形水盤の前を通り過ぎると、赤堤四丁目十一番十二号に「松原一号」が出現。線路の先に松原駅が見える。やっぱりそうか。数字はひとつずつ小さくなっていくのだ。駅と駅のあいだにある踏切には、こうして規則正しく番号が振られているのだろう。三茶からスタートしていたら数の小さい順に歩むことができたわけだが、区間内にいくつの踏切があるかを最初に把握できるぶん、上り方向のほうが面白い。ともあれ数学の定理を発見したような喜びに浸って小躍りしながら歩いて行くと、まるでその踊りの拙さを見透かしたように質素なバレエ研究所が姿を現した。すぐ隣にピアノ教室もある。このあたりで私とおなじようなひらめきを得て踊り出す人がかなりいるのかもしれない。

実際、鉄路の上ではカラスがソロを舞っていた。重く、軽く、ゆるやかに平均台を移動しながら直線のステップを踏む艶やかなカラスの向こうに公園があって、柵のところに、まるでその舞台に合わせたかのごとく路上を疾走する赤い鳥のロゴと、ROAD RUNNERの文字を配した運送用トラックが停まっている。カラスは首を低く下げてなおも鉄路の上でバランスを保ち、十四時〇五分、三茶に向かう３０４Ｂが間近に迫った瞬間、ようやくゆるりと飛び立った。十四時十分、「山下五号」踏破。ただし住所はまだ赤堤三丁目三番十四号となっている。線路沿いの掲示板に地元のサークル活動の予定一覧が貼られているのだが、「赤堤ＰＴＡ卓球クラブ」と「赤堤クラブ（卓球）」の友好的関係に思いを馳せつつ、なぜ後者も「赤堤卓球クラブ」と表記しないで括弧に収めるのだろうかとしばし思い悩み、未解決のまま動物病院の手前でよく太った雀たちに挨拶をして、季節にふさわしい青いアジサイの群れを堪能したあと、十四時十七分、「山下四号」を踏破。その少し先の、一階に義肢製作所が入っている一九七〇年代らしき意匠のビルがとてもいい。

踏切を渡る。道が肝腎の線路から離れてしまうこともあって、そういうときは住宅街を迂回しながら線路に戻るコースをたどらなければならない。「山下四号」を西から東に踏破した辺りもそうだった。途中、神社の境内入り口で雨に降られ、木の下でちょっと休んでなにげなく周囲を見回すと、結婚式場の手書きの看板が出ている。《荘厳・厳粛・簡素な式／家庭的披露宴》。「披露宴」の「披」が「被」になっていることに心が痛み、と同時に、荘厳さと家庭的な雰囲気が共存するという挙式の魔法にくらくらして、雨がやんで歩き出してからもしばらくは足下が覚束なかったのだが、その弱々しいステップを咎めるかのように現れたまたべつのバレエスクールが私を誘う。

しかしこんな寄り道をしていたら、いつまでたっても前に進むことはできない。意を決して八メートル×二という幅の広い「山下三号」を越え、丘になっている赤堤一丁目を通過して腰の曲がったおばあさんの坂上がりを遠目に応援しつつ、「山下二号」を踏破してまたしても大きく迂回し、豪徳寺一丁目に割り込むような道をたどって善性寺入り口にやって来る。柄杓のある水入れの石の水盤に、「水入れに水があるとカラスが獲物を持ち込み非常に不潔になります。しばらく水を入れない様にお願いします」というマジック書きのプレートが沈められていた。カラスは線路で踊るだけでなく、こういうイソップ童話もどきの悪さをしているのだ。しかし、性善説を掲げるお寺なのだから、もう少し大目に見てやってもいいのではあるまいか、と思っているうち「山下一号」に差し掛かる。

　踏切とはなにか。それを考える企画なのに、私はただ渡るためのものだとしか思いつかない。「無理な横断はお止め下さい」と記されているとおり、踏切がなければ人は無理な横断への誘惑に駆られはしないだろう。罪深き道である。小田急線の高架下にある「宮の坂六号」を渡り、ガード下のケアハウスをぐるりとまわって見出された「宮の坂五号」はこれまでで最も小さな踏切だったのだが、遮断機を上げる装置がどちらも三茶側についているため、バーは交互に稼働しない。赤上げて、白上げて、白上げないで、赤上げて。両手に一本ずつ旗を持って言葉どおりに上げ下げする遊びで失敗したときのような、そこはかとない悲しみが襲ってくる。

　豪徳寺の商店街に入ったところで、また小雨が降り出す。ちょうど十五時だったので、同行してくれた編集部のTさんが、小さな和菓子屋さんで一本八十五円の「あんだんご」を二本買って、しっかり者の姉が頼りない弟の世話をするみたいに、はい、と一本手渡してくれる。空模様がまだ心配なので、狭い店内で食べることにした。彼女はふたつしかないテーブルの大きなほうに、私はなぜかそこにあった学童用の椅子とテーブルに腰を下ろして、貴重な糖分を補給する。昭和三十八年から商売をしているというお店の親父さんは、私のお尻の下の、楢材の学童椅子の出所にまつわる逸話を披露《ヽヽ》してくれたのだが、踏切に対する理解はいっこうに深まらない。

ふらふらと歩きつづけて、「宮の坂四号」「宮の坂三号」「宮の坂二号」、そして「宮の坂一号」を、さしたる感懐もなく踏破。その次に現れたのが「上町三号」で、それを踏破すると桜一丁目になる。「上町二号」、歩行者専用の「上町一号」を越えると、今度は当然「世田谷三号」だ。「ひったくり注意」の看板を見ると、なんとなく都会に近づいた気がしてくる。「松陰神社前三号」「松陰神社前二号」「松陰神社前一号」と過ぎたところで小休止。珈琲を飲んで「若林四号」を渡る。

もうひとつ先の「若林三号」の踏切の真ん中で、手をつなぎかけては離れ、また、身体を寄せかけては離れている高校生カップルを発見。Tさんともども甘酸っぱい気持ちになったのだが、男子生徒のほうは踏切の上でもなかなか踏ん切りがつかない様子である。若者の恋を翻弄した鬼門の三号を渡り、十六時半にやっと「若林二号」、十分後に「若林一号」、さらに「西太子堂六号」を踏み越える。ただし住所はまだ若林三丁目だ。「西太子堂五号」は環七に面したアームレスの踏切で、世田谷線ではここだけが併用軌道になっており、電車はバーに遮られるのではなく信号停車をする。「西太子堂四号」を過ぎると、終点三茶のキャロットタワーがどんと視野に入ってくる。「西太子堂三号」及び「西太子堂二号」踏破。線路沿いに郵便ポストがある「西太子堂一号」からすぐそこに見える三茶の駅まで、残る踏切はあとふたつ。それも、あいだが短い。おいしそうなにおいのする中華料理店をかすめて「三軒茶屋二号」、目の青いうちにとお不動様を抜けて「三軒茶屋一号」へ。ここが太子堂四丁目二番十二号で、キャロットタワーの下部、三軒茶屋の駅になる。

踏切の総数三十六。降ったりやんだりの空のもと、心の警報機に耳を傾けながら歩いた数時間の散歩を通じて、私はいったい、なにを学んだのだろうか？

初出一覧

I

冷戦の終わり（「GQ JAPAN」連載［喫水検査］二〇〇八年十一月号、コンデナスト・ジャパン）、フェードイン、フェードアウト（二〇〇八年十二月号）、心の絆創膏（二〇〇九年一月号）、消えなかった言葉（二〇〇九年二月号）、ふたつ目のリーディング・グラス（二〇〇九年三月号）、時計まわりで迂回すること（二〇〇九年四月号）、理想主義的非現実性——あるいはクオードの灰（二〇〇九年五月号）、自由天才流書道教授の爪切り（二〇〇九年六月号）、身を削る道楽（二〇〇九年七月号）、ステンレス製直方体（二〇〇九年八月号）、エッソ・エクストラ（二〇〇九年九月号）、お腹のすく書見台（二〇〇九年十月号）、AとBの4（二〇〇九年十一月号）、リモワで運ぶ音楽（二〇〇九年十二月号）、万年筆の行商人（二〇一〇年一月号）、たなごころの玩具（二〇一〇年二月号）、眼球の中の宇宙（二〇一〇年三月号）、軍隊とビスコット（二〇一〇年四月号）、水洗い可能な歴史（二〇一〇年五月号）、六釜堂と洞窟の関係について（二〇一〇年六月号）、黒のなかのオレンジ（二〇一〇年七月号）、奥の深い話（二〇一〇年八月号）、朝昼晩就寝前（二〇一〇年九月号）、書くことの本義（二〇一〇年十月号）、蛍光

塗料の夜（二〇一〇年十一月号）

Ⅱ

ピサから遠く離れて（「SOLID」VOL. 2　二〇〇三年三月、徳間書店）、パペットリーのある暮らし（「SKYWARD」二〇〇六年十二月号、ＪＡＬブランドコミュニケーション）、ルーレットが歌っている（「考える人」二〇〇八年秋号、新潮社）、さっき、あなたを見ましたよ、と私は言った（「TRANSIT」第五号、二〇〇九年六月、講談社）、白と黒の地中海（「TRANSIT」第六号、二〇〇九年九月）、雨のブレスト（「TRANSIT」第二号、二〇〇八年九月）、《H》のないホテル（「ドゥマゴ通信」第五一号、一九九九年四月、Bunkamura）、折半の夜（「Numéro TOKYO」二〇一一年五月号、扶桑社）

Ⅲ

秘密結社から（「CALCiO2002」連載［炭焼き通信］二〇〇二年二月号、毎日新聞社）、星三つ半のフットボール映画（二〇〇二年三月号）、音声としてのサッカー（前篇）（二〇〇二年四月号）、音声としてのサッカー（中篇）（二〇〇二年五月号）、音声としてのサッカー（後篇）（二〇〇二年六月号）、芝生の上の聖人伝（二〇〇二年七・八月合併号）、２＋２よりも大切なこと（『サッカー小僧』ＤＶＤブックレット、二〇〇二年八月、JAPAN SKY WAY）、ＪＰＰの「記憶」（「Number PLUS」二〇〇一年十一月号、文藝春秋）、一瞬の陶酔（「日本経済新聞」二〇〇二年一月二十日付）、盛者必衰のことわり（「Number」二〇〇二年六月二十八日臨時増刊号）、技の美しさこそ本質（「朝日新聞」二〇〇四年九月一日付夕刊）、走る者たちを正面から見つづけること（「読売新聞」箱根駅伝特集、二〇〇九年十二月三十一日付）、すり鉢の底の土埃（「週刊甲子園の夏」二〇〇八年八月三十一日号、朝日新聞出版）、世界をゼロから立ち上げるひと（パトリック・フォール／ジャン・フィリップ著、小林修訳『ジダン　物静かな男の肖像』解説、二〇一〇年四月、阪急コミュニケーションズ）

Ⅳ

裏から見あげる東京ドーム（「東京人」二〇〇八年六月号、都市出版）、「いま」が揺れる（「シネミライ」二〇〇八年十二月配信、シネマ・シンジケート）、青山で転び、青山で途方に暮れる（「ミセス」二〇〇六年五月号、文化出版局）、三つの部屋の秘密（「東京人」二〇〇五年三月号）、時間の湯を浴びる（「法政文芸」第五号、二〇〇九年七月、法政大学国文学会）、あやしうこそ、ものぐるほしけれ――東洋文庫の午後（「東京人」二〇一一年十二月号）、道はすべて坂である、としておこう（「東京人」二〇〇七年四月号）、鳴らせ心の警報機！（「東京人」二〇〇九年八月号）

カバー　北園克衛「プラスティック・ポエム」より
（個人蔵、千葉市美術館協力）
装　幀　堀江敏幸＋中央公論新社デザイン室

時計《とけい》まわりで迂回《うかい》すること　回送電車《かいそうでんしゃ》Ⅴ

著者堀江敏幸　発行者小林敬和　二〇一二年三月二五日初版発行　発行所中央公論新社　郵便番号一〇四‐八三二〇東京都中央区京橋二丁目八番七号　電話番号販売〇三‐三五六三‐一四三一　編集〇三‐三五六三‐二七五一　本文印刷精興社　カバー印刷三晃印刷　製本大口製本印刷

Printed in Japan　ISBN978-4-12-004349-9　C0095